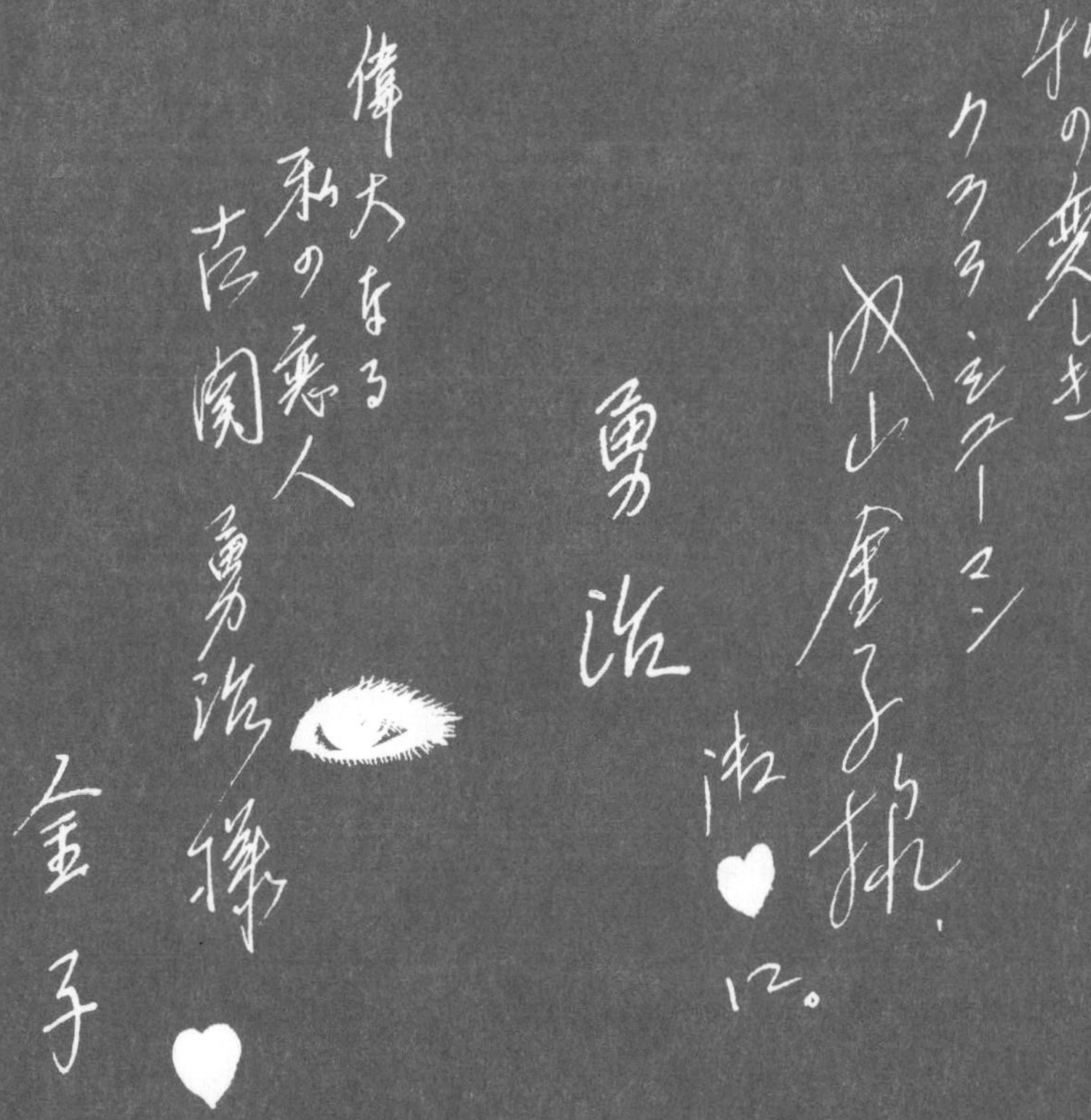
私の愛しき
クララ・シューマン
内山金子様、
勇治
偉大なる
私の恋人
古関勇治様
金子

君はるか

古関裕而と金子の恋

古関正裕

集英社
インターナショナル

君はるか
——古関裕而と金子の恋

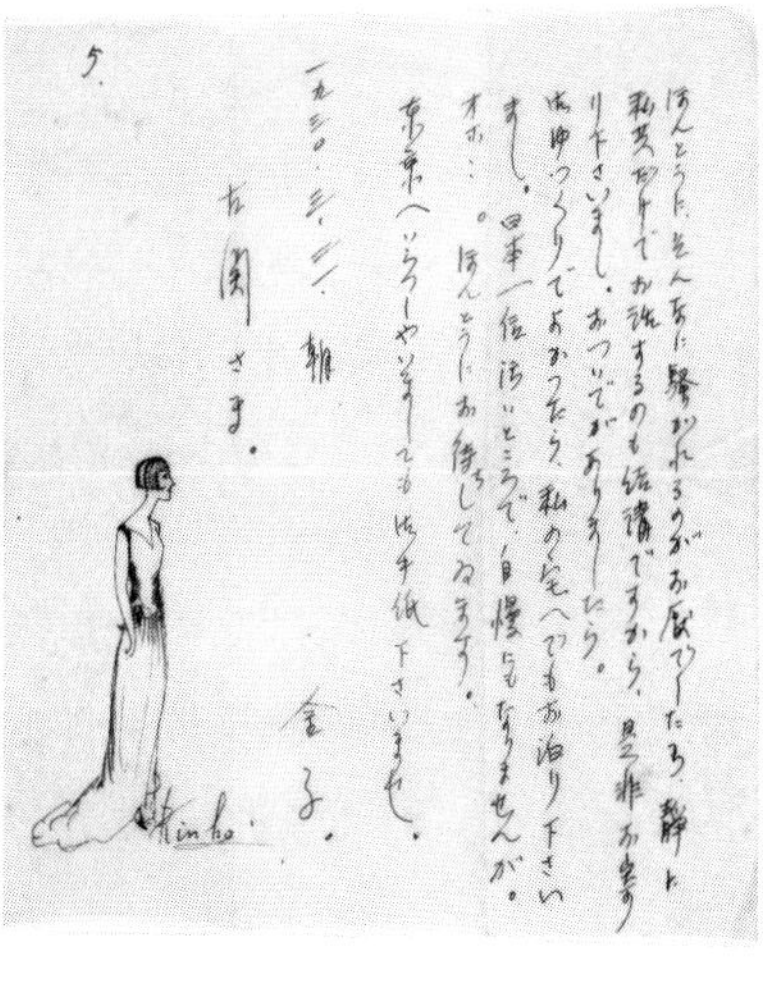

5.

ほんとうにそんなに騒がれるのがお厭でしたら、静かに
私共だけでお話するのも結構ですから、是非お寄
り下さいまし。おついでがありましたら。
御ゆっくりでよかったら、私の宅へでもお泊り下さい
まし。日本一位汚いところで、自慢にもなりませんが。
オホゝ。ほんとうにお待ちしております。
東京へいらっしゃいましてもお手紙下さいませ。
金子。
一九三〇・三・三一 朝
古関さま。
Kinko

andante cantabile

adagio capriccioso

presto
appassionato

allegro
dolce

プロローグ

私の父は作曲家で母は声楽家だった。ただ戦後（昭和二十一年）生まれの私に物心が付き、小学校に上がる頃には、母はすでに声楽家としての活動を止めていたので、母の活躍ぶりは殆ど記憶に無い。父は、流行作曲家として揺るぎない地位を固めており、その活躍の舞台を、それまでのレコード歌謡、ラジオ放送劇からミュージカル、演劇に移した頃であった。だから父の代表的なヒット曲、戦前、戦中の「船頭可愛《せんどうかわい》や」「愛国の花」「暁《あかつき》に祈る」「露営《ろえい》の歌」「若鷲《わかわし》の歌」は勿論《もちろん》のこと、戦後の「とんがり帽子」「夢淡《ゆめあわ》き東京」「イヨマンテの夜」「雨のオランダ坂」「長崎の鐘」「フランチェスカの鐘」「高原列車は行く」「君の名は」「黒百合《くろゆり》の歌」などが巷《ちまた》で流行《はや》っていた当時の様子は、微《かす》かな記憶でしかない。

しかし「高原列車は行く」は音楽の教科書に載っていたし、修学旅行で北海道に行けば、バスガイドが「黒百合の歌」を歌っていた。「モスラの歌」は映画『モスラ』でザ・ピーナッツが歌うシーンを映画館で観たし、NHKテレビでスポーツ中継を観れば、「スポーツショー行進曲」が冒頭で流れる。ジャイアンツ・ファンとしては「巨人軍の歌（闘魂《とうこん》込めて）」を父が作曲した時は誇らしかった。そして東京オリンピック。

開会式で「オリンピック・マーチ」を聴き、いいマーチだなと思い、繰り返し繰り返しレコードで聴いた。若い頃で父のレコードを熱心に聴いたのは、この「オリンピック・マーチ」だけであった。

記憶に新しいヒット曲と言えば通称「六甲おろし」と呼ばれる歌だ。昭和十一年に「大阪タイガースの歌」として作られたこの曲は約五十年もの間、関西の熱狂的なファンの間では歌われていたが、全国的には無名で、父も殆どその存在を忘れていた。昭和六十年の阪神タイガースの優勝によって、この曲は一気に最も有名なプロ野球の球団歌となった。

けれども若い頃の私は父の偉大さを理解していなかったし、父の曲も私にとっては、ある意味で過去の音楽だった。少なくとも昭和三十年代に若者だった我々が熱中していた、今ではオールディーズと呼ばれる、エルヴィス・プレスリー、ポール・アンカ、ニール・セダカ、コニー・フランシスなどの曲とはかけ離れたものだった。父の曲は、聴けば良い曲だが、自分たちが歌ったり演奏したりするジャンルの歌ではないと思っていた。

父は平成元年に八十歳で他界した。そして私も歳をとり、今になって父の偉大さが分かってきた。

独学で作曲を学んだ父のことを人は天才と言う。

私にとっての天才とは、レオナルド・ダ・ヴィンチやモーツァルトやガロアやアインシュタインであって、身近な父が天才だなどとは思ってもいなかった。

私だって歌くらい作った。子供の頃からピアノを習い、学生の頃はバンド活動に熱中していたから、フォークソングみたいな歌は作っていた。しかし残念ながら私には、逆立ちしたって交響曲は書けない。

父は今で言う高校生の頃に交響曲を作曲していた。楽器と言えばハーモニカくらいしか手許に無い状況で、本だけで和声理論や管弦楽法を学び、交響曲を作曲した。そんな父の凄《すご》さが分かったのはごく最近のことだ。

けれども私が父のことを本に書こうと思ったのは、そんな父の偉大さを喧伝《けんでん》しようと思ったからではない。父も普通の若者と同じく青春を過ごしていた。そして音楽に熱中し、母と文通し恋に落ちた。それも大恋愛であった。

二十歳の青年と十八歳の乙女が、約四ヶ月の文通のみの交際で真剣に結婚まで考え、そして初めて会ったそのとき直《ただ》ちに結婚した。

父と母が互いに交わした手紙は、優に百数十通にのぼると推定されるが、その内の四十通余りが今も私の手許に残っている。

その手紙を読むと、熱中していた音楽の勉強と恋愛の狭間《はざま》、理想と現実との乖離《かいり》に悩む青年と乙女の姿が浮かび上がってきた。九十年前も今も変わらない若者の悩みだ。

そして文通が進むにつれて、友情はやがて恋心に、そして熱烈な恋愛へと発展してゆく心情は、ひしひしと私の胸の底を打つのだった。

そんな普通の若者であった父と母の姿を知りたいと私は思った。

子供の頃からの本を書きたいという思いは、母の影響だ。

冒頭に書いたように、まだ私を産む前、母は声楽家だったが、一方で大の読書家だった。中年になってからは、金子光晴《かねこみつはる》主宰の詩の同人誌のメンバーとなり、詩の創作に没頭していた。

母は私がごく小さいとき、よく寝物語をしてくれた。母が聞かせてくれるお話が、本で読んだ話だと知るようになってから、私は本に興味を持つようになったと思う。母の話の源《みなもと》は、童話や小説は勿論のこととして、（当時流行の）『リーダーズ・ダイジェスト』や『文藝春秋』などの雑誌にも及んでいた。

そして字を読み書き出来るようになり、自分で本を読めるようになると、私は本漬けとなった。勿論近所の友達ともよく遊んだし、野球もし、ピアノのお稽古もあったが、今思い返すと、電車で通っていた学校の行き帰りも、家に帰ってからも、寝るときも、いつも本を読んでいたように思う。読む本が切れたときは、家にあった雑誌、『リーダーズ・ダイジェスト』に『文藝春秋』、『平凡』に『明星』まで読んでいた。

きっと父も同じように少年時代、音楽に熱中していたのだろう。母（私の祖母）から買ってもらった玩具のピアノに熱中し、レコードを買い込み、蓄音機で朝から晩まで、レコード盤が擦り切れるほど音楽を聴いていたに違いない。

やがて作曲にのめり込み、商業学校時代にはハーモニカバンドに入り、クラシックの名曲をハーモニカ合奏用にアレンジしたりして、卒業時には作曲家になることを決心していた。

しかし、父が最初に聴いたクラシックは誰の曲だったのか？　人生を決めるほどの衝撃を受けた曲、或いは作曲家は誰だったのか？　リムスキー＝コルサコフの「シェヘラザード」が好きだったのは知っている。ラヴェルの、それまでにない新しい音楽の響きに驚愕したのも知っている。しかし、それらがどれほどに父に影響を与えたのかは知らない。

個々の作品に対して、父がどんな思いで作曲していたのか？　一番苦労した作品は何か。メロディーが浮かばずにどれだけ四苦八苦したか。満足しないままに仕上げてしまった曲はあるのか。

私は知らない。

あなたは自分の父親や母親のことをどれだけ知っているか？

親の初恋を知っているか？　親の心の奥底の感情を知っているか？

私は殆ど知らない。表面的に知っていることは沢山ある。古関裕而《こせきゆうじ》は有名人だったから、書き残した随筆やエッセーや自伝もある。しかし、何を想い、何を考えていたのかは殆ど知らない。

そして私は知らない。何故父は人生における最初の輝かしい栄光を自らは語らず、生涯に亘《わた》ってそのことに触れようとしなかったのか？

知らないから私は考え、そして想像する。父と母は昭和五年（一九三〇年）一月二十三日の朝をどのように迎えたのかと……。

この物語は実話に基づいたフィクションである。

本書中の古関勇治と内山金子の書簡は、実際に昭和五年にやりとりされた書簡に基づいているので、敢えて旧仮名遣いを用いている。

第一楽章

アダージョ カプリッチオーソ

ゆっくりと 気ままに

adagio capriccioso

1

（昭和五年一月二十三日　木曜日　愛知県豊橋市外）

朝六時、けたたましく鳴る目覚まし時計のベルの音を、布団をかぶって耳を押さえて消す。もう少し眠りたい。ベルは三度鳴って止まり、ほっとしたのもつかの間、隣に寝ている姉の清《きよ》子《こ》に肩を揺すられる。いつものことだ。

「ほら金《きん》ちゃん、起きるよ」

「今朝も寒いね」金子《きんこ》は厚い掛け布団を体に巻き付ける。「今日は私が掃除当番だったっけ？」

「そうよ。炊事当番は私。急いで炭を熾《おこ》して火鉢と炬燵《こたつ》に火を入れておくわね」清子はさっさと着替えて布団を畳んだ。

金子は布団の中からそんな清子の様子を眺めながら「冬は炭を熾したり、夏に比べて余計な仕事があるのに、朝はまだ薄暗いし、嫌だわね」と冬の朝の辛さを嘆いた。清子も相槌《あいづち》を打つかと思いきや、違った。

「だけど満州《まんしゅう》に比べたら寒くないでしょ。私は知らないけれど」

あら、清《きよ》ちゃんたらわざと嫌味っぽく言うのね、と金子は思った。

「そう言えば去年の今頃は満州だったわね……」金子は去年の正月から約半年の間、独りで大《だい》連《れん》にいる兄、勝英《かつひで》の家に遊びに行っていたときのことを思い出した。

「一年って早いわね。でも満州ってね、冬は極寒だけど家の中は全館暖房で、すっごく暖かいんだから。お兄さんの家だけじゃないのよ。皆そうなの。冬でもアイスクリーム食べるのよ。美味《おい》しかったな、あのアイスクリーム……。お腹すいた！　ごはん急いでね。出来たら呼んでね。お母さんが起きる前に外を掃くから」

「呼ばなくたって匂いで飛んでくるでしょ」そう言うと清子は階下に降りて行った。

金子は慌てて起き上がると、厚手の服を着込み布団を片付け、襖《ふすま》を開けて隣の妹たちが寝ている部屋に入り「ほら、松ちゃん、ていちゃん、すーちゃん、起きるのよ。学校、遅れないようにね」と女学生の松子《まつこ》、小学生の貞子《ていこ》、寿枝子《すえこ》に声を掛けて起こした。廊下に出て雨戸を開ける。ひんやりとした空気が流れ込んでくる。ガラス戸をしっかりと閉め階下に降りる。台所では早くも清子が火熾し器で炭を熾している。

そっと母を起こさぬよう、奥にある母の部屋の前の廊下を通り、母屋から続く渡り廊下の先にある厠《かわや》で用を済ませて戻ると、母のみつが障子の向こうから「おはよう。誰だい？」と声を掛けてきた。

「あら、起こしちゃった？　金子だよ」

「ああ、金ちゃんかい。今朝の外の掃除は誰？」

「私だよ」金子は障子を開けて部屋に入った。

「なんかちょっと熱があるみたいでね」布団にくるまったまま母が言った。額を触ると微熱を感じた。

「本当だ。ちょっと熱いみたいよ。大丈夫？」

「寝ていれば大丈夫だと思うけれど、今日九時頃に丸山《まるやま》さんが干し草を二十束取りにくるから、倉庫の前を片付けておいてね」

え？　私があの丸山さんの相手をするの、と思ったが、母に悟られぬように「はーい。分かったわ」と努めて明るく応えた。

廊下の雨戸を開けて、台所の横の勝手口から裏庭に出て、箒《ほうき》と塵《ちり》取りを持って表に回り、玄関の前の道路を掃いた。家の前の道は一町（注1）ほど先で主要街道の一つ田原《たはら》街道に突き当たる。かなり往来の多い通りだが、朝のこの時間はまだ車も少ない。

田原街道を左手、北に上れば市内の盛り場に通じ、右手、南に下れば、母が馬の飼料を納めている陸軍騎兵第四旅団に通じている。

通りに面した家の前を、玄関から裏木戸まで掃き、戻って玄関脇から裏庭を回って裏木戸を開け、木戸の陰にあるごみ入れに、塵取りに溜まった枯葉などのごみを入れる。それから裏庭に戻り、奥にある倉庫の前を綺麗《きれい》に掃除した。倉庫の中には、馬の飼料の干し草、蹄鉄《ていてつ》など軍に納める物資が入っている。庭を回って勝手口に戻るとき、庭の池を見ると薄く氷が張っていた。

三河《みかわ》地方は、本州の中では比較的温暖な気候と思われているが、雪こそ滅多に降らないものの、真冬ともなればやはり寒く、手や足に霜焼けが出来るのはいつものことだ。

「ねえ、池に氷が張っているわよ」

勝手口から台所に駆け込むなり、金子は清子に言った。

「やっぱりねえ。昨日の夜から冷え込んだものね。井戸の水もいつもより冷たく感じるわよ」

と清子は味噌汁の具を刻みながら言った。すでに鍋には湯が沸き、お釜はぐつぐつと音を立て始めている。

玄関からすぐの茶の間の火鉢には赤々と炭がくべられ、五徳の上のやかんからも湯気が出始めている。

金子が新聞を取り忘れたことを思い出し、取りに行こうと思ったとき、「茶碗やお椀を用意してくれる?」と清子に頼まれた。食器などを用意していると学校に行く支度を終えた妹たちが、茶の間になだれ込んでくる。家の中は一気に賑《にぎ》やかになった。

妹たちが学校に出かけ、金子が二階の部屋の掃除をしていると、「ごめん下さい」と玄関から声がする。清子が出ると思っていたが再び「内山《うちやま》さん、こんにちは」と声がする。

あ、丸山さんだ。金子が階段を駆け下りると、丁度清子が玄関の戸を開けるところだった。

「母はちょっと風邪気味で寝込んでいますが、どうぞ裏に回って下さい。今裏木戸を開けますから」

金子は裏庭に回り、裏木戸を開けた。トラックが入り、丸山さんの部下が運転席から降りてくる。金子は倉庫の戸を開けた。

「二十束積むんだぞ」と丸山さんが運転手に命令し、金子に笑いかけながら「今日は珍しく金子お嬢様がお手伝いかい？」と皮肉っぽく言った。

何かにつけ嫌味たらしいことを言う、金子の嫌いなおじさんだ。父の知り合いで、母を助けてくれたからって、こんな嫌味を言われる筋合いはない。

「あら、いつも手伝っていますし、それにお嬢様なんかじゃありません」金子は言い返した。

「いやあ、内山さんちの子供たちはみんなお坊ちゃん、お嬢ちゃんだよ。一家の主人の安蔵《やすぞう》さんが亡くなったら、普通は女学校なんぞ行かないで、みんな働きに出れば、みつさんも苦労しなくていいのに。みんな高等女学校に進学して、一家の大黒柱にならなくてはいけない長男の勝英君は満州なんぞに行っちまうし……。長女の富子《とみこ》ちゃんはもう嫁いだからいいが、働かないならせめて、はよう嫁にゆきな」

「兄は満州で立派に働いて成功しています」

「へえそうかい。こっちで始めたハイヤー会社がうまくいかなくて、満州に逃げたんじゃないのかい？」

「違います」そう言いながらも兄についてはちょっぴり自信がない。でも進学については違う。

「母はこれからは女性もしっかりと勉強しなくては駄目だ。お嫁に行って、旦那さんを支えるためにも学問は必要だって、教育は投資だといつも言っています」

「あんなあ、そんなこと知っとるで。おみつさんも頑固なところがあるからな。だから、獣医だった安蔵さんには、うちの家畜でようけ世話になったから、亡くなったあと、みつさんに騎兵隊へ物資の納入をするように勧めたんじゃ。騎兵隊の人たちだって、みな安蔵さんには世話になったからね。だけどいい歳になってから、慣れない商売をするって、まして働いたことのない女の人が商売するなんて、大変なことじゃ。そこんとこ分かんねえと駄目じゃ。金子ちゃん、特にあんた、オペラ歌手になるだのって、ろくに飯も食えんような職業に憧《あこが》れて、それでも一生懸命頑張るかと思えば、半年も満州に遊びに行ったりして、本当にあんたは世間知らずのお嬢さんだ」

「そんなことありません。こうして母の手伝いだって、家の中のことだって、ちゃんとやっています。それにオペラ歌手だって立派な職業です。私、絶対に成功してみせます。自信あるんです」

「だがな……」丸山がさらに説教をしようとしたとき、運転手の声が救いの神となった。

「積み込み、終わりました」

「そうか、じゃ、これ伝票。みつさんに渡しておいてな。じゃあまた」丸山は助手席に乗り込み、トラックは出て行った。

去って行くトラックを見送りながら金子は、唇を嚙《か》み締めた。悔しくて涙が出そうになる。

裏木戸を閉めてかんぬきを掛けると、一刻も早く部屋に駆け込みたくなった。庭先の縁側から家に入ろうと思ったが、雨戸を開けたあと、しっかりとガラス戸をねじ錠で締めたことを思い出した。ならば、兄がよくやっていた裏技、池の横のもみじの木を登って二階の廊下に入るという近道をしようと、もみじの枝に手を掛けて一気に体を持ち上げたとき、二階のガラス戸もしっかりと閉めたことを思い出した。急に可笑《おか》しくなり、枝に腰かけて笑い出した。

掃除を終え、雑多な用を済ませ、金子が歌の練習を始めたのは午後になってからだった。三時間みっちりと練習した。「三月に発表会をする」。安達《あだち》先生はそう言っていた。豊橋《とよはし》高等女学校の音楽の先生で、声楽家の安達先生は金子に目を掛け、自分が個人的に主宰する千草《ちぐさ》音楽教室で、卒業後もレッスンをしてくれている。その教室の発表会をすると言うのだ。

夕ご飯の匂いに誘われて練習を終えると、食事が出来上がるまでの時間、今日まだ読んでいなかった新聞を読もうと社会面を広げた。

いきなり写真が目に飛び込んできた。

学生服を着た真面目そうな青年が、ちょっとはにかんだ表情で金子を見つめていた。

（注1）尺貫法の長さの単位。1町は60間。約109メートル。

2

（昭和五年一月二十三日　木曜日　福島県川俣町）

小鳥の囀《さえず》りが聞こえ、隣から鶏の鳴き声がする。勇治《ゆうじ》はまんじりともせずに夜を明かした。床から起き、窓の障子とガラス戸を開け、雨戸を開けた。ひんやりとした空気が部屋の中に流れ込んでくる。外はまだ薄暗い。

山間《やまあい》の小さな町ではあるが、福島県川俣《かわまた》町は羽二重《はぶたえ》の産地として全国的に名の通った町で、表の通りはそのメイン・ストリートの外れだが、さすがにまだこの時間では人通りは殆どない。シンと静まり返った空気の中で、自分の胸の鼓動が聞こえる。今日はどういう一日になるだろうか？　この家の主《あるじ》伯父の武藤茂平《むとうもへい》はどういう反応を示すだろうか？

昨日母が勤め先の銀行にわざわざ電話を掛けてきた。広瀬庵《ひろせあん》の橘《たちばな》さんのところからだと言う。

「勇治、お前何故黙っていたんだい。福島民報やら福島民友やら通信社やら大勢の記者さんがやってきて、儂《わし》ら仰天しただ。ちょっと待ってよ。いま橘さんと代わるからな」

福島市一番の盛り場、置賜《おきたま》町の蕎麦屋、広瀬庵の主の橘登《のぼる》は勇治の学校の先輩であり、勇治も入会している福島ハーモニカ・ソサエティーの主宰者だ。普段の練習は広瀬庵の二階で行うのが定例だった。

「おい、勇《ゆう》ちゃんか。仕事中悪いな。おめでとう。凄いことじゃないか。でも俺たちに何も言わないなんて、随分水臭いぞ」

「橘さんも仕事中じゃないの？　忙しいときに母が電話借りたりして済みません」

「なーに、もう昼時は過ぎて一段落したところだから、構わないんだ。お母さんがびっくりして俺のところに、橘さん、勇治のこと聞いているかな、と飛んできたんだ」

「橘さんにはいずれ報告するつもりだったんだ。でも先に新聞社に知れてしまって……」

「まあ、それはいいがな、親父さんもお袋さんも心配しとるで。俺たちは何も心配することはないと言っても、音楽じゃ食っていけんだろうと言ってな」

「僕は作曲家になるって、前から言ってるのにね」

「ちょっと待って、お母さんに代わるからな」

また母が電話口に出た。「それで今度の週末は帰って来るのかい？」

「ああ帰るよ」

「じゃあ、そのときにゆっくり話し出来るな」

「ああ」

「お前の将来のことだから、茂平兄さんとも良く相談をおし」

「うん」

「茂平兄さんは知ってるのかい？」

「いや」

「新聞見るより先に言っといたほうがいいぞ。そこにいるのかい？」

伯父の茂平は昼前に、今日はもう戻らない、と言って出掛けて行ったが、念のために勇治は奥の頭取席を確認した。

「今日は出掛けてもう戻らないよ」

「そうかい。じゃあ夜にでも話しておくんだよ。新聞見て初めて知ったんじゃ、兄さんだってきっと気分悪いからね」

「わかった」

「じゃあ、切るよ」

母にそう言われても、その夜勇治は伯父に話を切り出すことは出来なかった。

伯父の言いそうなことは分かっていた。

「お前の親父さんの三郎次《さぶろうじ》さんは謡曲にうつつを抜かして、福島一の呉服屋の喜多三《きたさん》を潰してしまった。歌舞音曲などは男がのめり込むものではない。お前が作曲家を目指していることは重々承知しているが、そんなもんで食ってゆくことは出来ん」

勇治が作曲を始めたのは小学生のころからだった。

勇治の家は、福島で代々喜多三という呉服屋を営んでいた。当主は三郎次を名乗り、勇治の父は七代目だった。

音楽好きの父親は使用人の娯楽用に蓄音機を購入し、店でいつも音楽を流していた。使用人の娯楽用というのは方便で、実際のところは父が自分で聴きたかったからに違いない。でも掛けるレコードは、父の好きな謡曲だけでなく、民謡や吹奏楽などもあった。

そんな父親の影響で音楽好きになった勇治を更に音楽に向かわせたのは、小学校の担任の遠《えん》藤《どう》先生だった。先生は大の音楽好きで、自分で作曲もし、生徒にも童謡を作らせたりした。

勇治は曲作りの面白さに夢中になり、母が買ってくれた卓上ピアノで楽譜を読み、奏でる練習をした。卓上ピアノといっても、ちゃんと黒鍵もあり三オクターブほどの音階がある立派なものだった。

レコードを聴きその音階を鍵盤で探り、楽譜を買い求め、たどたどしくも音符を鍵盤で叩いた。誰にピアノを習うでもなく、学校の遠藤先生の授業で学んだ知識だけで、楽譜を読み、音楽を奏でることが出来るようになった。

家業を継ぐために福島商業学校に進んだが、すでにその頃には音楽にどっぷりと浸かっていた。勉強は外国語と理科以外はそっちのけだった。

理科は電気や無線通信などに興味があった。大正十四年七月十二日には、わが国初のラジオ本放送を聴くべく、鉱石ラジオを組み立て、今や遅しと放送開始を待ち構えていたが、聴こえてきたのは雑音のみであった。当時の放送の出力はとても弱く、東京から福島まで届くものではなかったのだ。

外国語（英語・ドイツ語・フランス語）は、外国の本で音楽を勉強するために必要不可欠だった。辞書と首っ引きで外国の音楽の専門書や雑誌を読んで自習した。

学校での活動はもっぱら音楽だった。校内でハーモニカ・バンドを結成し、自ら作曲した曲をハーモニカ・バンド用にアレンジするようになった。それは必然的にオーケストレーションの勉強に勇治を向かわせた。

和声学や管弦楽法の本を買い求め理論を学び、クラシックの管弦楽の総譜《そうふ》（スコアー）を買い求め、そのレコードを聴きながら総譜に記されている様々な楽器の音符が奏でる和音と音色を聴き、それをしっかりと頭に叩き込んだ。

福島ハーモニカ・ソサエティーに入会すると、クラシックの名曲を次々とハーモニカ合奏用にアレンジした。勇治は音楽に熱中し、将来は作曲家になりたいと思っていた。

丁度その頃、父は喜多三を畳んだ。廃業した原因はよく分からない。景気が悪いと父は言っていた。確かに景気はよくなかったが、伯父の言うとおり、父が商売熱心でなかったのも本当だ。市内の目抜き通りの大町《おおまち》にあった店を人手に渡し、四、五町離れた稲荷《いなり》神社近くの新町《しんまち》に移り住み、今は染物屋と質屋を営んでいる。

後に知ったことだが、喜多三の多大な借金は、大町の店と引き換えに茂平が肩代わりして返済してくれたのだった。

喜多三の廃業は、家にとっては大変なことであったが、勇治にとっては幸いなことであった。これで家業を継がなくて済む。作曲家になるという夢は一層の現実味を帯びてきた。

福島商業学校を卒業すると勇治は作曲に没頭した。母のヒサは、仕事もせずに家でぶらぶらしている勇治のことを心配したのだろう、兄の茂平に相談し、茂平が経営する川俣銀行で勇治を雇ってもらうように計らった。勇治には特に反対する理由も無く、どうせ田舎の銀行だから暇だろうし、作曲する時間も十分にあるだろうと思い、川俣の伯父の家に居候《いそうろう》しながら銀行勤めを始めた。

母の実家の武藤家は、福島県下有数の資産家で、味噌・醬油の醸造業を営み、川俣銀行を興し、茂平は貴族院議員をしていたこともあった。


そんな伯父に、威厳のある声で何度諭《さと》されたことか……。

しかし自分の決心は変わらない。

父は好きな謡曲にうつつを抜かし、家業を疎《おろそ》かにして店を潰してしまったかもしれない。ならば好きな音楽で生計を立てるほうが余程ましではないか。身上《しんしょう》を潰すのは、ほかに家業があるにもかかわらず、趣味にうつつを抜かしたからだ。趣味が家業ならば、それで身を立てられるではないか。

そう、それにすでに自分は名前だけはれっきとした作曲家だ。英国から来た手紙に書いてあったではないか。「貴殿を国際作曲家協会の会員に迎える」と。

いや、でもまだまだ未熟であることは、自分が一番よく分かっている。

自分で出来る限りの勉強はした。歌曲だけでなくオーケストラ作品にも挑戦し、すでに第一から第三までの交響曲やヴァイオリンやチェロやピアノのコンチェルトも作曲した。これからは本場のヨーロッパに留学し、新しい音楽に身近に触れ吸収するのだ。パリに行けば、ドビュッシーやラヴェルにだって会えるかもしれない。

レコード・コンサートで、ラヴェルのボレロを初めて聴いたときの、身震いするような興奮を勇治は思い出した。

貪欲《どんよく》に学ぶしかない。すでに留学の準備も密《ひそ》かに着々と進めている。自分から話を切り出すのは勇気の要ることだが、新聞に載れば既成事実化するだろう。そう思うと、記者の質問に対する自分の答えはまずかったと、勇治は反省した。

突然の大勢の記者の訪問にどぎまぎしてしまい、支離滅裂なことを口走ってしまった。どこから話が漏れたのか、そっちに頭が行ってしまった。記事になるなら、もっと前に両親や橘さんや皆に話しておくべきだった。今回の件を知らせたのは商業学校の恩師板内《ばんない》先生と丹治《たんじ》先生だけだから、きっとどちらかの先生が漏らしたに違いない。あれほど内密にとお願いしておいたのに、先生はきっと嬉しくて隠すことが出来なかったのだろう。

先生を責める気はしなかった。これでいいのだと思う。所詮《しょせん》いつまでも隠しておくことではないのだから……。

でも新聞を読んだら、皆は一体どんな反応を示すだろう？　いやもしかすると誰も気が付かないということもあり得る。小さなベタ記事だったら、見逃すことだって大いにあり得る。そしたら、どうする？

階下から朝の炊事の音が聞こえてきた。タンタンタンとリズミカルに味噌汁の具を刻む音。台所をちょこまかと歩き回る飯炊きのキクの忙《せわ》しない足音。ご飯が炊き上がるまでにはまだ時間が掛かりそうだ。

垂れ込めた雲の下を、更に重苦しい鐘の音が響いてくる。家の裏手にある東圓寺《とうえんじ》の六時を知らせる鐘だ。

東圓寺は勇治にとっては庭のようなものだった。天気が良いとき、体を伸ばしたいとき、そして曲想が行き詰まったときの気分転換に、うってつけの散歩コースだった。

寺の裏山から阿武隈《あぶくま》の山々を眺め、時にはハーモニカを吹き、時には住職の佐藤《さとう》堯空《ぎょうくう》和尚と文学や詩について語らったりする。ただいつもは、銀行から帰ってから出掛けていた。こんな早朝に散歩したことはない。でも今朝は無性に外に出たい気分になった。

寝巻きを脱ぎ、銀行にいつも着て行く紺絣《こんがすり》の着物に着替え、そっと階下に下りると台所からキクが「おはようございます」と声を掛けてきた。

「ちょっと散歩してくるっから」そうキクに声を掛けると勝手口から下駄を突っかけて小走りに外に出た。

寺の石段を、白い息をハッ、ハッと、蒸気機関車のピストンから出る蒸気のように、リズミカルに吐きながら駆け上がる。

「おう、おはよう」

竹箒を持った和尚が手を休めて勇治を見詰めていた。「こんな朝に来るとは珍しいな」

勇治はなんと応えるべきか迷った。

そのとき突然辺りが明るくなった。重く垂れ込めていた東の空の雲に一筋の切れ目が生じ、薄い雲を通して陽の光が差し込んでいる。

そうだ、今日は良い日なんだ、と勇治は思った。自分の人生にとって記念すべき日なんだ。今日から物事が全て上手く運ぶようになる、そんな記念すべき日じゃないか。心が軽くなり宙に浮くような感覚を覚えた。

「今日は良いことがあるんだ」

「良いことって……、そうかデートでもすんのか？」

「そんなんじゃないよ……」何と切り出していいか分からない。でも、思い切って言うんだ。そう思うと緊張する。駄目だ、緊張したらどもってしまうぞ。「コ、コ、コ……」口を開くが言葉が出てこない。でも和尚は心得ている。彼のどもり癖には慣れていて、じっと待っていてくれる。

「コ、コー、コーンクール……」

「コンクール？　去年応募したイギリスの作曲コンクールのことかい？」

勇治は何度も頷いた。「キ、キ……」記事が載る、と言いたかったがカ行とかタ行とか濁音は特にどもりやすい。他の言葉を探す。

「朝の新聞読んだ？」

「いや。何か載っているのか？」

笑顔で頷くと、怪訝《けげん》な表情だった和尚の顔がほころんできた。

「やったのか！」

「うん」

「そうか、それは良かったな。で、いつ報せがあったんだ？」

一瞬答えに詰まった。でも本当のことを言うより仕方ない。

「実は、もう一ヶ月以上も前なんだ」

和尚は目を細めて遠くを眺めるように勇治を見た。

「なんで今まで……」

「ごめん、なんかその……」何と言えば良いのか？「照れくさくて……」本音だった。

「どうして？　照れることじゃないだろう。嬉しいことじゃないか」

「だけど大袈裟《おおげさ》になると嫌だったから……」

「でも、新聞に載ったなら大袈裟なんてもんじゃないぞ。新聞の扱いで世間の評価が分かるんだ。どのくらいの大きさの記事なんだ？」

記事の大きさは勇治の想像を超えていた。

勝手口を開けると、炊き上がったご飯の匂いが勇治を迎えた。急に空腹を覚え、下駄を脱ぎ捨て、小走りに広間に駆け込む。

すでに茂平と連れ合いのゆきと従弟妹の成夫《しげお》とみほが座卓を囲んで座っていた。勇治を注視する皆の視線に気付かぬ振りをして、「おはようございます」と声を掛けながら、みほの隣の定位置に座る。

「いつ英国に行くんだ？」

向かい側の上座に座っている茂平が、体をやや乗り出すように勇治の眼を覗《のぞ》き込んだ。

「え？　あの……、まだいつと決めてはいません……」

「新聞によれば、すぐにでも英国に行くようなことが書いてあるぞ」

「それは……」

記者からの質問に、曖昧《あいまい》に答えたことが悔やまれる。記者たちは丹治先生から、自分が送った手紙のことを聞いていた。

賞金と旅費はもう受け取って、二月くらいには英国に留学する、などと威勢の良いことを手紙に書いてしまった。見栄を張りたくて、実際には賞金も旅費もまだ受け取っていないのに、なんであんなことを書いてしまったのか？

一昨日訪ねてきた新聞記者たちは、どんな記事を書き上げたのだろう。

「自分のことがどんな風に書かれているのか知らないのか？」

伯父は横の畳の上に置いてあった二つの新聞を取り上げ、勇治に差し出した。福島民報と福島民友の二紙で共に勇治の記事が載っている面を表にして折ってある。

勇治は受け取る前に顔が赤く火照《ほて》るのを感じた。

「お前は有名人だ」

それは伯父の誉め言葉だったが、勇治はまともに新聞を見ることも出来なかった。恥ずかしかった。

どちらも三面のトップ、紙面の半分くらいを占める大記事の真ん中で、自分の顔がこちらを見返している。商業を卒業するときに写した写真だが、あたかもこの紙面に載せられることを予期していたような、戸惑いの表情を浮かべているように見える。

実際、勇治はただ戸惑うばかりであった。

3

「ねえねえ、この人、凄いと思わない？」

夕食後、金子は新聞を姉の清子に見せた。あの写真が載っている記事である。

『無名の青年の快挙　国際作曲コンクール入賞』という見出しを指しながら金子の声は興奮していた。

「独学で作曲を勉強したんだって。『竹取物語』をテーマにした舞踊組曲で第二席に入賞だって。独学なんて凄いじゃない」

清子は興奮している金子を冷めた目つきで眺めた。

まったく金ちゃんは夢想家ですぐに感激するんだから……。金子の性格には慣れっこになっている、というより時には辟易《へきえき》する。

「あなたは独学じゃなくて、先生についているんだから頑張りなさい。音楽会はいつなの？」

「さーんがーつーかーなー」金子はオペラのように得意のソプラノの声で歌うように答えた。

そして歌は続く。「わたしー　このひとにー　てーがーみー　かこうかなー」

「どうぞご自由に」付き合ってられないわ。清子は新聞を投げ返した。

「だって『竹取物語』だよ。私はかぐや姫だから、何か縁があると思わない？」

金子は小学校の学芸会でかぐや姫を演じて好評を博したことがあり、かぐや姫という綽名《あだな》がついたこともある。

「ねえ、福島県の川俣ってどこかしら。そこで銀行員してるんだって。地図帳どこかにない？」新聞を読み返しながら金子が呟く。

「松子にでも訊いたら？　学校で使っているのがあるんじゃない？」

「松ちゃん。地図貸して！」

金子は二階で宿題をしている松子に声を掛けながら階段を掛け上がった。

「私ので良かったら、あるわよ」貞子が部屋の奥の本棚から日本地図帳を取り出した。

松子は豊橋高等女学校の四年生。この春卒業だ。そして貞子は小学五年生だから、来春小学校を卒業して、高等女学校に入学するだろう。でも貞子は学校で知らない先生たちから「お前、内山の妹か？」と訊かれることはないだろう。

一番上の富子姉から、清子、金子、松子の四人は、母親似でふっくらとした顔つきで、体つきもぽっちゃりで、よく似ている。みな勉強も学年のトップクラスだった。だから金子も松子も、入学するなり、「お前は内山の妹か？」と何人もの先生に訊かれた。

しかし貞子は父親似で、ほっそりとして顔立ちもバタ臭く、四人の姉とは違うモダンな美人だ。背も高い。

玄関から二階に上がる階段の横の、二階の天井まで届く太い柱に刻まれた姉妹みんなの背丈の印。小学生の貞子の最新の印が姉妹の中で一番になった。

一番末の寿枝子はまだ小学校三年生だが、どちらかというと貞子に似ているから、大きくなったらきっと美人になるだろう。貞子のすらりとした体つきを見ながら、そんなことを思った。

「小学校の地図帳じゃ、大きな町しか載っていないんじゃない？」

そう言いながら地図をめくって福島県を見付けて川俣町を探す。無い。

東北地方の大方の地図は載っていても、各県の地図は小さくしか載っていない。

「やっぱり小学生用じゃ駄目。松ちゃんの貸して。私が使っていたのをあげたはずよ」

「今日使ったばかりよ。はい」

松子は豊橋高女のシンボルとも言えるランドセルの中から地図帳を取り出した。「何を調べるの？」

「うん。ちょっとね」

福島県の頁《ページ》を開き、目を皿のようにして探した。

あった。川俣町。県庁所在地の福島市の南東。地図上で福島市から三センチくらい。この縮尺だと三十キロくらいか？　頁をめくって福島県の地勢、気候、産業、特産品などについて読みふけった。

「川俣って羽二重の産地なんだって」

翌日の夕食時に金子が勢い込んで清子に報告した。

「どこが何だって？」

「あの記事の古関勇治さんがいるところよ」

「こせきゆうじさん？　誰それ」

「昨日の新聞に載っていた人よ。国際作曲コンクールに入賞した人。記事見せたじゃない」

「ああ……」清子はすっかり忘れていた。

「福島県の川俣町の川俣銀行に勤めているのよ。記事に書いてあったでしょ」

「へえ、銀行員なの？」

「福島ってどんなところだろうね。東北地方だからきっと寒いんだよね。雪が積もっているのかな？」

金子はすぐにでも福島に出かけるような気になっているのか？　豊橋では滅多に雪なんか降らないから、きっと雪国の生活をあれこれ想像しているのだろうと清子は思った。

が、金子の思いはちょっと違った。海から遠い内陸の福島県川俣町と、元気になった母が作った夕食との両方に関心は向いていた。

「お母さんの煮付け、甘くて美味しいね。海から遠いところでは、お魚なんかあまり食べないかもね」そんなことを呟きながら金子は煮魚の骨の間の身をほじっている。

「やっぱり考えるのは食べ物のことなんだ、金ちゃんは」

寿枝子が茶化し、思わず皆が爆笑し、金子も苦笑せざるを得なかった。食いしん坊で、特に甘い物に目がない金子はいつも何か食べている。

「声楽家は体が資本なのよ」

金子のいつもの台詞である。三浦環《みうらたまき》（注1）だって誰だって、オペラ歌手はみな肥っている。しかし本心ではデブになるのは嫌だ。勿論痩《や》せっぽちでは話にならない。豊かな声量を得るにはそれなりの体格が必要だ。でも甘いものに目がないのは、実際には生まれつきの好みだ。

「そしてね、私がオペラのプリマドンナになれば、あんたたちみーんな、いつでも御馳走を食べさせてあげるからね。みんな私に協力すれば、将来いいことあるわよー」

これも金子のいつもの台詞。他の姉妹はそんな口車には乗らず、口々に囃《はや》し立てる。

「そうよね、金ちゃんはスタアになるんだもんね」

「椿姫だよね」

「カルメンでしょ」

「違う」金子は妹たちを睨みつける。「蝶々夫人よ」深く息を吸い込み歌いだす。

「あーるはれたーひにー。どう、自分で言うのもなんだけど、私、才能あるでしょ。必ず一流の声楽家になってみせるわ。あの無名の作曲家のように、ある日新聞に大きく載るのよ。無名の新人歌手、国際コンクールで優勝ってね」

絶対に有名になってみせる。金子は改めて自分の才能に自信を深めながら、あの新人作曲家はどんな勉強をし、どんな曲を書いているのだろうかと思いを巡らせた。

（注1）三浦環（みうら　たまき）　1884―1946
声楽家。日本人として初めて、国際的に活躍し、海外で認められた。蝶々夫人が当たり役。ロンドン、ニューヨーク、ローマ、ミラノなど各地の歌劇場で客演した。

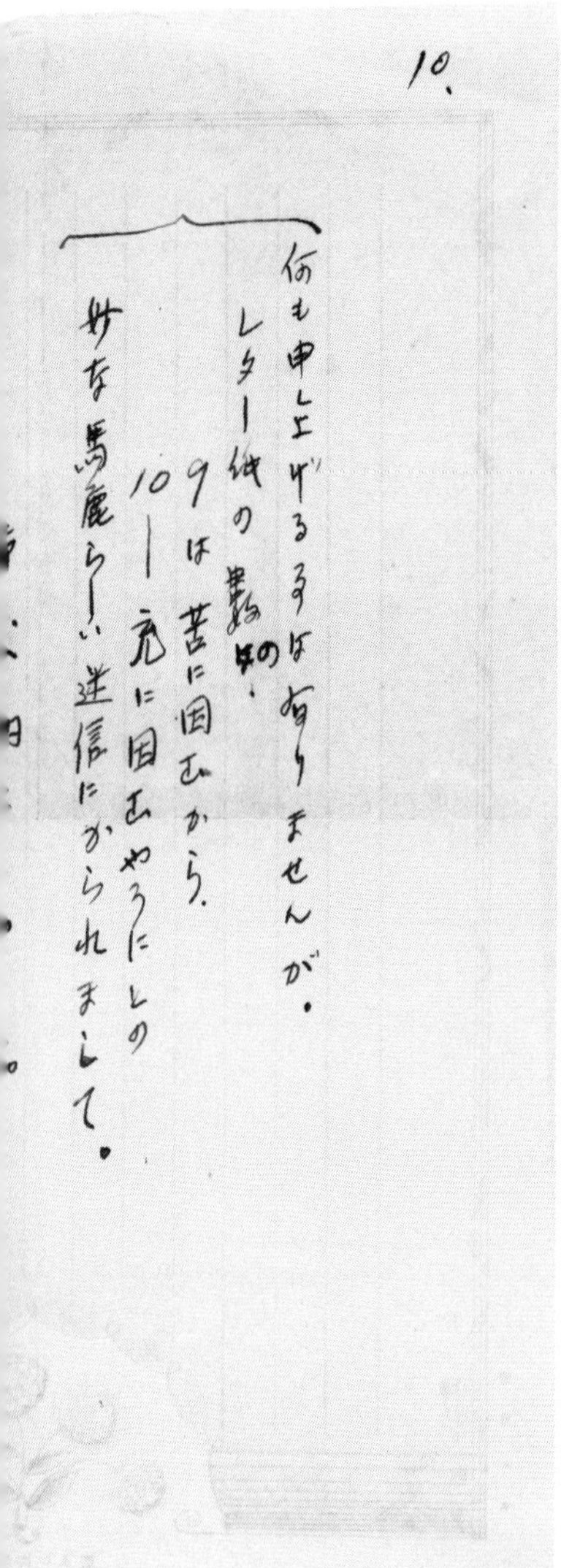
10.
何も申し上げる事はありませんが。
レター紙の数字の、
9は苦に因むから。
10は死に因むやうにとの
妙な馬鹿らしい迷信にかられまして。

4

新聞に載ってから一週間あまり、勇治は作曲に没頭することが出来なかった。福島県下の二大新聞、福島民報と福島民友に大々的に取り上げられた上に、全国紙にもかなりのスペースで報じられたのだから、その日から勇治が有名人となったのは当然のことだった。まして小さな田舎町では町中の人々が勇治のことを噂し、勇治を注目していた。それは半ば好奇の視線でもあった。

国際的なコンクールに入賞した若き青年はこれから作曲家という道に進むのか？　作曲家などという職業で生計を立てて行けるのか？

音楽というような職種は、まだまだ、まともな男が生業《なりわい》とする仕事ではない、という風潮が残っている時代であった当時、まして東北の田舎町では、そんな反応が一般的であった。

しかしそれでも川俣銀行の同僚は皆祝福してくれたし、東京の大学に進学したり、東京に出て働いていた福島商業学校の同級生たちは、一月三十一日金曜日の夜に祝賀会をやるから、と勇治を東京に招いてくれた。

勇治は金曜、土曜と休みを貰い、木曜日、銀行が終わってから福島の家に一旦戻り、翌朝九時過ぎの急行列車で東京に向かった。

東京に行くのは、一昨年にハーモニカ・ソサエティーが日本青年館で行われた御大典奉祝《ごたいてんほうしゅく》大演奏会に出演したとき以来である。

終着の上野に着いたのは丁度午後三時で、駅には従兄のターちゃん（今泉正《いまいずみただし》）が、東京に不案内な勇治を迎えに来てくれた。

「勇ちゃん、おめでとう。よかったな」

「有難う。久しぶりだけど、元気そうだね」

「ああ。勇ちゃんはどうだ？　汽車で疲れたか？」

「大丈夫だよ。六時間なんて、本を読んでいればすぐだし、作曲していたら、それこそアッと云う間だよ。汽車に乗ってるとさ、あのガタン、ガタンというリズムが刺激になるのか、メロディーがすぐに浮かんでくるんだよね」（注1）

「汽車の中でも作曲するのか！　やはりお前は違うな。俺なんか、ピアノを叩かなきゃ、絶対に曲なんか作れないもんな」

「ターちゃんだって出来るさ。ピアノ弾けるんだから、楽譜読めるじゃない。頭に浮かんだメロディーを楽譜に書けばいいんだよ」

ターちゃんこと今泉正は、母の妹で二本松の今泉家に嫁いだタキ叔母さんの息子で、東京の慶應義塾大学に進んでいた。タキ叔母さんは早くに亡くなり、その後妻には、母の姉で武藤家に出戻っていたフク伯母さんが入った。

だから正の実母も養母も、勇治の母の姉妹であり、家は福島と二本松と離れてはいたが、母親同士は仲の良い姉妹だったので、幼い頃はよく一緒に遊んでいた。

歳もほぼ同じで共に音楽好きで、勇治とはよく気が合った。東京に出てからは、音楽学校にも通い、ヴォーカル・フォアというグループに入って歌っているし、ピアノも習っている。ターちゃんの姉のしづ子も東京に出て、やはりピアノを勉強している。今泉家の方が、古関家よりも武藤家よりも音楽に理解があるように見え、勇治はターちゃんが羨ましかった。

ターちゃんは苦笑しながら顔の前で手を振った。

「無理無理無理。単純なメロディーなら、出来るかもしれないけど、ハーモニーは楽器に頼らなきゃ、絶対に出来っこないよ。勇ちゃんは天才だから簡単に出来ても、凡人には出来ないの」

「そうかなあ」

「そうさ。兎《と》に角《かく》これで、勇ちゃんが作曲家になることに反対する奴はいなくなるだろうな」

「茂平伯父さんも、もう反対しなくなったよ」

「そうか、そうだろうな」

ターちゃんはひとりで何度も頷いていた。

正としづ子が借りている目白《めじろ》の家に寄り荷物を置いてから、勇治は祝賀会会場である神田《かんだ》のブラジルというレストランに向かった。

会場では、仲の良かった柳原《やなぎはら》君、大沼《おおぬま》君など十名の在京の同級生が勇治を拍手で迎えてくれた。会は大いに盛り上がった。下戸《げこ》の勇治はジュースばかりだったが、他はみなビールやウィスキーを痛飲し、かなり酔っ払う者も出た。勇治もそんな雰囲気に飲まれ、気分は高揚した。

次に東京に出てくるのは欧州に留学するためだから、そのときはここにいる皆のように背広を着ようと、周りを眺めながら思った。羽織袴《はおりはかま》姿は勇治と大沼だけで、後は学生服のふたりを除いてみな背広姿だった。福商を卒業してまだ二年も経っていないが、すっかり都会に馴染んだ様子の大人びた友人たちの姿に、勇治は自分が田舎者のようで恥ずかしく思えた。

宴も終わり帰り支度をするざわついた中で、「おい、これから吉原《よしわら》にでも繰り出すか」と言う声が聞こえた。勇治はギクッとしながら聞き耳を立てた。

「勇ちゃん、お前まだ童貞か？」

突然の問い掛けに、勇治は顔が火照るのを感じた。周りの友人たちをゆっくりと見回す。彼らは皆もう経験済みなのだろうか？　勇治はまだだった。勿論勇治も女体には興味がある。淫《みだ》らな想像に耽《ふけ》り、自分で自分を慰めるときもある。しかし女遊びをしようなどという気はなかったし、そんな金銭的な余裕もない。

勇治の父も謡曲などに凝る道楽者とはいえ、女遊びなどとは無縁のはずだった。少なくともそのような話を父から聞いたことはないし、母から愚痴《ぐち》られたこともない。

勇治は愛する人に童貞を捧げるつもりでいた。まだ理想の女性に巡り逢ってはいないが、いつか自分の音楽＝芸術を理解し、自分を励ましてくれる人。欲を言えばふくよかで可愛らしく優しい女性。そんな理想の女性が現れることを夢見ていた。そんな女性は福島にはいない。ここ東京にはきっといるだろう。東京に出てくれば、そんな人と巡り逢えるだろう。欧州で出会うかも。

外国人？ そんな唐突な思いに勇治はちょっと戸惑いを覚えた。外国人と恋愛するなどとは考えてもみなかった。でも留学すればそういうこともあり得る。

「俺は帰るぞ」

「俺も」

そんな声が勇治を夢想から現実に引き戻した。

「俺も帰るよ。明日色々と忙しいから」

「明日何時の汽車で帰るんだ？」と、トシちゃんこと柳原利雄《としお》が訊ねた。

「二時の急行で帰るけど、その前に本や楽譜を買わなくちゃならないんだ」

「そうか。福島では中々手に入らない楽譜もあるだろうしな。兎に角、勇ちゃん頑張ってな。勇ちゃんが立派な作曲家になるよう俺たち応援してるっからな」

「そうだ、頑張れよ」

皆口々に温かい励ましの言葉を掛けてくれ、勇治は胸が熱くなった。

翌日ターちゃんの案内で勇治は銀座の十字屋に出掛けた。楽譜を物色したのち理論書を探しているとき、平積みされている新刊書が日に留まった。アルス楽聖叢書の『シューマン』と

『ショパン』だ。帰りの約六時間の車中で読むのに最適だと勇治は喜んだ。

福島の家に着いたときは八時半を回っていた。

「東京はどうだった？」母が訊いた。

「こっちと同じくらい寒かったよ」

「ターちゃんは元気だった？」

五つ下の弟の弘之《ひろし》が訊いた。

「うん元気だったよ。そうだ弘之が東京でデザインの勉強をしたいなら、どこの学校がいいか調べておくって言ってたよ」

「ホント？　有難いな」

喜ぶ弘之をじろっと見ながら「下宿先を探したのか？」と父が訊ねた。

「いや、それはまだ……」

先週両親と今後のことを話し合ったとき、東京に出て暫《しばら》く語学などを勉強してから留学の準備をする、と勇治は自分の計画を話していた。

「正の家に居候させて貰えばいいんでないか？」

母は下宿すれば、お金が余計に掛かると心配しているのだ。

「でもそんなに広い家じゃないから……」

「でもお前、ずーっと東京にいるつもりじゃないんだろ？　いずれは留学するつもりなんだろ？」

「ああ」

「なら、留学にお金掛かるのだから、出来るだけ倹約しないと。東京はただでさえお金が掛かるとこなんだから」

「そうだね、考えてみるよ。東京で外国人について英語を勉強するにもお金が掛かるからね。でも、ターちゃんにあまり迷惑を掛けたくもないし」

「だけど他人じゃないんだし、私からフク姉さんに頼んでおくよ」

「いいけど、フク伯母さんより、ターちゃんに訊いてみるのが先だよ」

「東京はまだ日本の中だから、何とでもなる。ロンドンに行くなら、その前に大島《おおしま》さんに挨拶しとかにゃいかん」と父が口を挟んだ。

「先週俊一郎《しゅんいちろう》さんには手紙を書いておいたよ。遅くとも来年にはロンドンに行くつもりだから、宜しくってね」

従兄の大島俊一郎は、父の妹のます子叔母さんが嫁いだ大島俊太郎《しゅんたろう》の先妻の息子で、外務省に勤めていて今はロンドンの日本大使館に秘書官補として赴任している。

ます子叔母さんには子供が生まれなかったので、勇治が幼い頃から実の子のように可愛がってくれていた。特に小学校の頃は夏休みとなると、当時俊太郎叔父さんが裁判所長をしていた白河《しらかわ》に遊びに行くのが常だった。夏休みの殆どを叔母の家で過ごしたこともあった。だから歳も離れ、血も繋がっていない従兄ではあったが、俊一郎も勇治のことを弟のように可愛がってくれていた。

「俊一郎さんがいるのは心強いけど、でも異国で暮らすなんて、どんなに苦労するか、分かったもんじゃないから。早く嫁さ見つけて、一緒に行ったらどうだい？」

母親らしい心配の仕方に勇治は苦笑した。

「嫁なんか連れて留学したら、それこそ大変だよ」

それに嫁の当てなんかないし……。勇治は帰りの車中で読んだシューマン伝を思い起こした。

シューマンとクララとの熱愛。ロバート・シューマンがピアノの天才少女クララを初めて見知ったのはシューマン十八歳、クララがわずか八歳のときだった。そして一八三〇年――丁度百年前だ――シューマンがピアノの腕を更に磨くためにクララの父、フリードリッヒ・ヴィークのもとで寄宿生活をはじめたときは、シューマンは二十歳、クララは十一歳だった。それから紆余曲折がありながらも、一〇年の交際の後フリードリッヒの猛烈な反対を押し切ってふたりは結婚した。クララはシューマンの曲の最大の理解者にして、卓越した演奏家だった。

シューマンは丁度今の勇治と同じ年の頃、将来の花嫁と出会っているのだ。きっと自分にも、クララのような女性が現れるだろう。きっとどこかに理想の人がいるに違いない。しかし、その出会いは運命に任せるよりほかにない。それまで自分は作曲に没頭しよう。

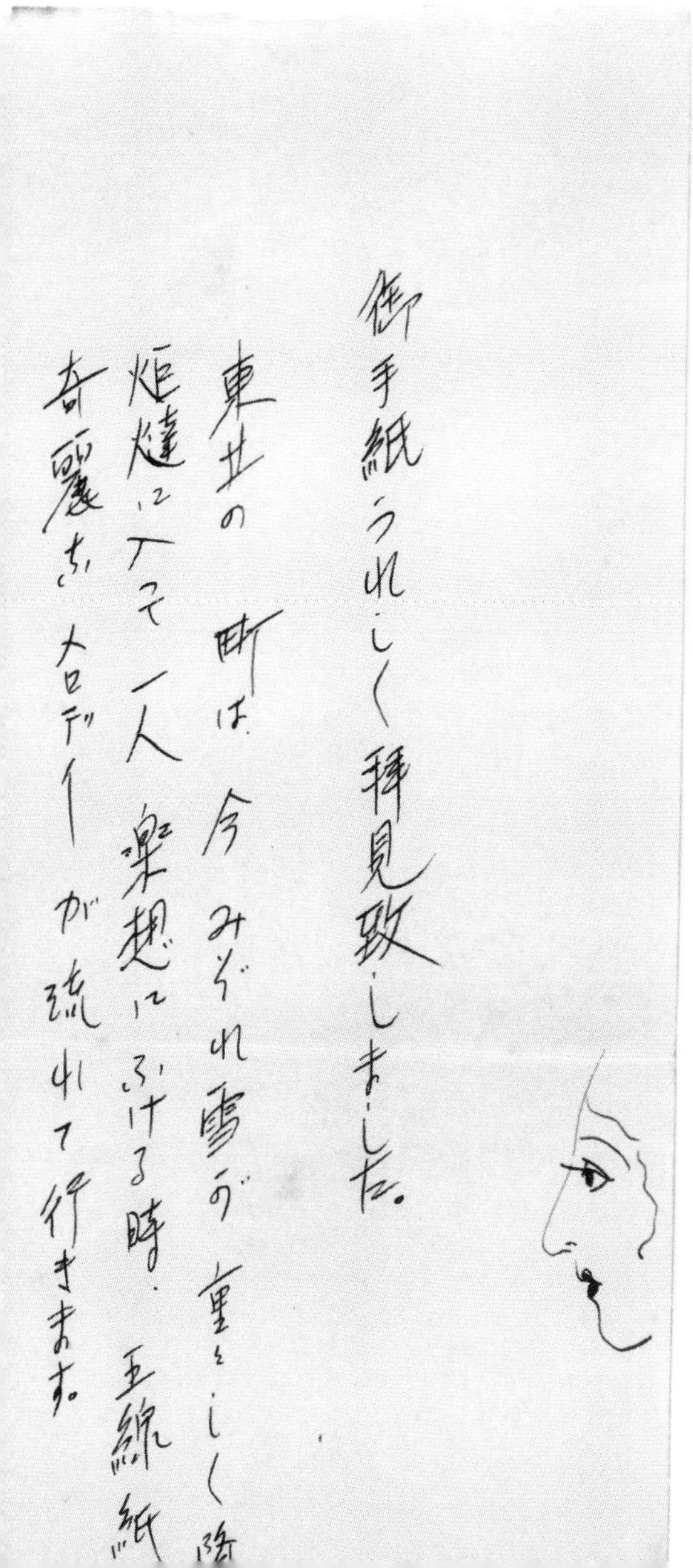

御手紙うれしく拝見致しました。
東北の町は今みぞれ雪が重々しく降
炬燵に入って一人楽想にふける時、五線紙
奇麗なメロディーが流れて行きます。

（注1）実際に後に勇治は、数多い戦時歌謡の中でも傑出した二作「露営の歌」と「予科練の歌（若鷲の歌）」を汽車の中で書いた。

5

あの新聞記事を読んで以来、古関勇治という作曲家のことが金子の頭から離れなかった。

一体、どういう勉強をしたら、独学で交響曲が書けるのだろうか？　きっと自分には到底計り知れない才能の持ち主なのだろう。そんな才能の持ち主に音楽を教えてもらえたら、きっと声楽の勉強に役立つに違いない。歌い方の悩みなども相談できるかもしれない。

金子には、音楽の道を目指す上での悩みを相談できる友達はいなかった。親、姉妹も皆音楽は好きでも、真剣に取り組んではいない。音楽という同じ道を目指す友達が、かねてから欲しかった。

この古関勇治という人と友達になれるかもしれない。

手紙を出してみよう。住所は分からないが、福島県川俣町、川俣銀行内で届くだろう。

そう思ってから三日ほど経った。金子は手紙を書くのを躊躇《ためら》っていた。今まで男性の仲の良い友達なんて、近所の幼馴染《おさななじみ》、健《けん》ちゃんしかいなかった。それも高女に上がってからは、道で会えば挨拶する程度。今は殆ど付き合いはない。異性を意識するようになってからは、たとえ文通でも男友達はいない。いや一度親しくなりそうになった男性はいた。それは去年、大連からの帰りの船で知り合った人だった。

去年の正月、大連の兄からの再三の誘いに乗って、満州に遊びに行った。

兄は妹の中で、一回り近く年下の金子のことを一番可愛がってくれていて、金子も兄のことが大好きだった。

背は高くハンサムで、好奇心が強く進取の気質に富み、行動力旺盛なところは内山家の特質。中学を出てから飛行学校に入り、飛行機の操縦士になった。飛行学校の教官になって、颯爽《さっそう》と時代の先端を飛んでいた兄。そして飛行機から地上の自動車に乗り換えて、ハイヤー会社を経営していた実業家の兄。そんな兄は金子にとって、いや内山家の姉妹にとって、一家の自慢だった。

父が亡くなったのは金子十二歳、兄が二十三歳のときだった。そして兄は家長となったのに、何を思ったか満州で事業を興す、と言い出した。言い出したら聞かないのが内山家共通の性格。周りの反対を押し切って満州へ渡ってしまった。

その兄が、旅費など一切持つからと言うので、金子は真剣に行くことを考えた。

金銭的に母に迷惑は掛けずに済むが、それでも女学校を出たばかりの、数え十八と言ったってまだ十六歳の女の子が独りで満州に行くなんて、絶対に反対されると思いながら母に相談すると、「行きたいのでしょう？」と母は言った。

「うん。外国に行ってみたいの。それに誰もまだ兄さんがどんな生活をしているか知らないから、私が見てくるわ。そしてきっと外国の音楽も沢山聴く機会がありそうだし、音楽も言葉も勉強出来るだろうし……」と思い付くありったけの理由を挙げると、母は笑って「いいわよ。どうせ言い出したら人の言うことなんて絶対に聞かないでしょ。誰に似たんだか……。うちの子はみんなそうなんだから」

誰に似たか？　って、それはお母さんでしょ、と口から出掛かったが止めた。

「で、どのくらい行ってるつもり？」

「まあ、折角行くから一ヶ月くらいはいるつもりだけど」

「分かったわ。でも一応清子にはちゃんと了解してもらうのよ。あなたがいないと清子が一番割を食うのだから」

金子も、清子が何と言うかが一番気がかりだったが、意外にも簡単に了解してくれた。

「いいわよ。行ってらっしゃい。どうせ言い出したら聞かないんだから」と母と同じようなことを言った。

適当に一ヶ月と言ったが、実際には半年も滞在することになった。見るもの聞くもの、全てが目新しく、毎日が楽しかった。

兄はフォード・モーターズ大連支店に副支配人として勤めていて、どうやって知り合ったのか、白系《はっけい》ロシア人の飛び切り美人のナターシャさんと一緒に暮らしていた。金子にとって、ナターシャさんは初めて身近に接する外国人だった。驚くほど白い肌。貞子はスタイルが良いと思っていたが、ナターシャさんは貞子など比較にならなかった。長い手足、小さな顔。女性でもうっとりするような美顔。

金子は片言の英語で「マイ　ネーム　イズ　キンコ　ウチヤマ。ハウ　ドゥー　ユー　ドゥー」が精一杯。ナターシャも「コンニチワ　ワタシ　ナターシャ　デス」だけで、後は英語かロシア語。金子にはさっぱり分からないが、兄が全部通訳してくれた。

兄はナターシャのことを「僕の奥さん」と言っていたが、正式に結婚しているのではなかった。いずれはちゃんと結婚して、日本に連れて帰る、とは言っていたが。

一ヶ月はあっと言う間に過ぎ「すぐに帰るんじゃ、冬の満州しか知らないで帰ることになる。せめて春の満州も見ないとわざわざ来た甲斐がないぞ」などと兄に言われ、その気になって結局六月まで滞在した。

六月下旬の水曜日、後ろ髪を引かれる思いで大連の港から『バイカル丸』に乗船した。出港の銅鑼《どら》が鳴り、船が岸壁から離れ、握っていた紙テープもちぎれ、兄とナターシャの姿が豆粒になるまで金子は甲板に立ち続けていた。

三等船室に戻ろうとしたとき「君、ひとり?」と声を掛けられた。見ると大学生くらいの男性。紺の背広にえんじ色のネクタイに白いシャツ。背は高く、結構ハンサムだ。無視しようかと思ったが、笑顔が素敵だったので、思わず頷いてしまった。

「僕、佐竹《さたけ》って言います。京大の学生です。神戸までの三日間、お友達になってくれませんか？」

そんなに簡単にお友達になんかなれない、と思ったが、見知らぬ人と出会うのも旅の楽しみ、と思い、「内山金子です」と自己紹介した。

その夜、夕食を一緒に食べながら、二人の会話は大いに弾んだ。

京大で法律を勉強しているという佐竹は、正義感が強く、世の中の不正を熱っぽく糾弾《きゅうだん》し、その不正と闘うという情熱に金子は圧倒された。その上芸術などにも造詣《ぞうけい》が深く、話題も豊富で、しかも音楽、中でもクラシックが好きだという。

若い異性と二人っきりで、長い時間を過ごすなんて初めての経験で、金子はずっかり佐竹に好意を抱いた。京都なら豊橋からそんなに遠くはない。汽車で三時間くらいだ。歳も金子より四つ上。年頃も丁度いい。このような人なら結婚してもいい、という気になった。しかしこんなエリートは自分にとっては、雲の上のような人だと思った。

翌日も朝から一緒に甲板を散歩。霧が濃くて景色は何も見えず、大部屋の船室に戻る。お昼時、食堂でテーブルに着いたとたん、ドドドーンという轟音《ごうおん》がして船が揺れた。何事？と立ち上がり、佐竹と顔を見合わせたとき、船員が蒼ざめた表情で駆け込んできて「大変です。皆さん落ち着いて下さい」と叫んだ。大変と言いながら、落ち着け、なんて何事？と思ったら、「船が座礁《ざしょう》しました。浸水しています。すぐにデッキに上がって下さい」と叫んで、船員は走って行ってしまった。

「沈んじゃうのかしら？」

「早く逃げないと。デッキに行きましょう」

「でも荷物が……」

「荷物なんかより命の方が大切です。さあ行きましょう」

「でも、少しでも荷物持って行きます」

金子は船室に戻り、風呂敷にタバコ、モロゾフのキャンデーなどの土産物を包み、ハンドバッグに縛り付けて階段へ走った。すでに船は左に三十度くらい傾き、真っ直ぐに立つと階段が斜めに、頭にのしかかるようだった。手摺《てすり》に摑《つか》まるが、なかなか登れない。必死に登ろうと足を踏ん張る。そのときデッキの上から手が伸びて、「さあ摑まって」と声が掛かった。

その手に引き上げられてようやくデッキに上った。引き上げてくれたのは牧師さんだった。船はますます左に傾き、左舷は白く波打つ濃緑《のうりょく》の海面までわずか三メートルほど。右舷は岩礁に乗り上げて、十メートルくらい屹立《きつりつ》していた。

左舷に救命ボートが下ろされ「お子様、ご婦人優先です」と船員が声を張り上げている。近くには救助に駆け付けた漁船も見えた。牧師さんが「さあ、早くボートに乗りなさい」と促した。金子は「私は大丈夫です。若いから、いざとなったら泳ぎますし、ここで死ぬならそれも運命です」と応え、近くにいた子供を縄梯子《なわばしご》に誘導してボートに下ろした。

そのとき「こんなところで死んでたまるか」と叫んで、子供や女性の避難を手助けするどころか、人々を押しのけて、下の岩礁も確かめずに背広のまま海に飛び込む若者たちの中に佐竹の姿を見た。

金子と牧師は最後まで船に残った乗客となった。結果的には乗客・乗員とも全員無事に救助され、日本の貨物船「長成丸《ちょうせいまる》」に移乗して朝鮮の仁川《インチョン》港に入り、そこで休養して、陸路釜山《プサン》に出て博多《はかた》に渡り帰国した。

そのときの朝鮮の人々の親切な心遣い、バイカル丸の船員たちの、最後まで義務と責任感に満ちた立派な行い、そして我先にと海に飛び込んだ恥ずべき若者たちのことは、決して忘れられない。

この古関勇治という若者はどんな人だろうか?

変な誤解をさせるような手紙は止めた方がいい。それに返事が来るかどうかだって分からない。返事が来れば、手紙を読めば、文章とか筆跡とかで、その人の人柄や教養の度合いが分かる。文通友達になるかどうかは、返事を貰ってからの話だ。

金子は気を楽にして手紙をしたためた。

翌日手紙を出しに行こうとしたとき、母に呼ばれた。

「富子が、肺炎に罹《かか》ったんだって」

「えっ！ 大丈夫なの？」

「来週あたり入院するらしいの。それで入院している間、久《ひさし》さんの世話など、誰か手伝ってくれないかって言うのよ。清子はお見合いがあるから、金ちゃん、あなた行ってくれない？」

姉の富子は中島《なかじま》久と結婚して東京の阿佐ヶ谷《あさがや》で暮らしている。

「いいけど……。いつから？」

「入院の準備などもあるから、早い方がいいのよ」

東京か……。長いこと東京に行っていない。東京に行けば、音楽会も沢山あるから、きっと聴きに行く機会もあるだろう、と金子は自分に都合よく考えた。

「分かったわ。いいわよ。早速支度するわね。姉さんに先に行く日を知らせた方がいいわね」

「明後日くらいには行けるかい？」

「いいわよ」

金子はそう言いながら、古関さんへの手紙を書き直さなくては、と思った。

No 3.

貴方からのお手紙は一生懸命に暗記し、解釋するにちがひ
ないと思ひます。私、英語は、しつくり感じがあるやうな氣が
します。少しでも馴れた故か……。
貴方が、My sweet heart と仰言つて下さるのが、何とも云へなく心に
柔かく身に沁みます。そして私が、貴方をさう呼びかけると
ほんたうに恋人て感じがします。
早くお会ひして、早く貴方のお手を握りしめたい。
ね、勇治さん！
どうぞ少しも早く東京へいらして、少しも早くこちらへいらして
下さいね。　待ちどほしくてたまりません。
お寫眞にキスを浴びせつゝ
金子より。

偉大なる
私の恋人
古関勇治様
の胸に。

一九三〇・四・二八・前一一・一五。

第二楽章

アンダンテ カンタービレ

ゆっくりと　歌うように

andante cantabile

1

次の月曜日、福島の家から直接銀行に出社すると、小使いの又《また》さんが、「勇治さん、手紙が来ているよ」と三通の封筒を持ってきた。

一番上の封筒は、宛名書きを見ただけで誰からか分かった。古関裕而様と勇治のペンネームを記してある。筆跡も見慣れた達筆である。勇治が師と仰ぐ山田《やまだ》耕作《こうさく》先生（注1）からだ。先生の書かれた『音楽論』と『近世和声学講話』は勇治にとって最も役に立った教科書であり、かねてから先生に自分の曲を送り、教えを乞うていた。先生はいつも暖かい励ましの返事をくれた。今回の手紙は、コンクール入賞のお祝いの手紙だった。

もう一通は金須《きす》嘉之進《よしのしん》先生（注2）からだった。やはりお祝いの手紙だった。金須先生は、一昨年仙台に開局した放送局のラジオ番組にハーモニカ・ソサエティーが出演したときに、同じ番組に出演した仙台正教会聖歌隊の指導者として来ていて、そのときからのご縁だ。

金須先生と言えば、若い頃ロシアのペテルブルクの帝室音楽院に留学した大先達である。そんな先生が、今は仙台で正教会の聖歌隊を指導するとともに、第二高等女学校の音楽の先生もされているとは、そのときまで勇治は知らなかった。なんでも、あの関東大震災で焼け出されて、故郷の仙台に戻って来た、とのことであった。長身で背筋をぴんと張って指揮棒を振っている堂々とした先生のお姿は、とても六十歳を越しているように見えなかった。

勇治が傾倒しているリムスキー＝コルサコフ（注3）に直接師事されたという金須先生は、ヴァイオリンの演奏家でありオルガンも達者で作曲家でもある。勇治がリムスキー＝コルサコフに傾倒していることを知ると、先生はリムスキー＝コルサコフの『和声法要義』を貸してくれた。勇治は仙台に行くたびに、先生に自分の作曲を見てもらい、オルガンの演奏を習っていた。

山田先生にも金須先生にも義理を欠いてしまった。勇治は事前に何も連絡しなかったことを悔いた。

もう一通は綺麗な女文字で宛名書きされていた。差出人の名前は内山金子。住所は愛知県豊橋市外小池とある。豊橋市のすぐ近くということだろう。またファンレターか……。

勇治は既に数通の見知らぬ他人からの手紙を受け取っていた。どれもコンクール入賞を賞賛する手紙で、中にはこちらが照れくさくなるほど、美辞麗句《びじれいく》をちりばめたものもあった。最初は驚いたが、全ての手紙にお礼の返事を書いた。

封を切ると青い小ぶりの便箋が二枚、表裏共にびっしりと綺麗な字で埋め尽くされている。かなりの長文だ。

突然お手紙を差し上げるご無礼をお許し下さいませ。この度新聞で貴方様のことを知り、何と素晴らしい才能をお持ちの方がおられるのだろうと、感激し、また羨望《せんぼう》の念にかられました……。

ありきたりのファンレターだ。夜帰ってからゆっくり読むことにした。

「今日は久しぶりにやろうよ」

勇治と福商で同級で、昨年偶然にも同じ川俣銀行に就職した正《まさ》ちゃんこと木村正夫《きむらまさお》が声を掛けてきたのは、そろそろ閉店の時刻になろうとするときだった。そういえば、ここ一週間以上やっていない。

「さっき八《はっ》ちゃんが来て、食い物持ってくるって言ってたよ」

八ちゃんとは出入りの運送会社の小僧さんで、皆八ちゃんと呼んでいる。川俣ギャズ・バンドのメンバーだ。

川俣ギャズ・バンドといっても、実際にはギャズを演奏するわけではない。歌い、踊り、飲み食いするただの集まりだ。銀行が引けたあと小使い室に集まり、皆で大騒ぎする。メンバーは勇治のほか正ちゃん、同僚の辺見《へんみ》、八ちゃん、うどんやの番頭の佐藤さんなどで、ときに飛び入りが加わったりする。皆近所の顔見知りだ。歌う歌はほとんどが流行り歌で、いつしかこの集まりを川俣ギャズ・バンドと呼ぶようになった。（注4）

「勇ちゃん、東京はどうだった？」そう訊ねながら正ちゃんが先陣を切って歌い始めた。

♪俺は村中で一番　モボと言われた男　うぬぼれのぼせて得意顔　東京は銀座へと来た♪

♪ズンチャッチャ、ズンチャッチャ♪ 皆が合いの手を入れ、勇治が♪ドレミファソラ、ソラソファミレド♪ とハーモニカで間奏を入れる。

三拍子の軽快なメロディー。エノケン（注5）が歌って大ヒットしている『洒落男《しゃれおとこ》』だ。

♪そもそもその時のスタイル 青シャツに真赤なネクタイ 山高シャッポにロイド眼鏡 ダブダブなセーラーのズボン♪

「勇ちゃんはどんなスタイルで東京に行ったんだ？」歌いながら正ちゃんが訊く。

♪紺絣の着物に羽織だよ♪ 間奏のメロディーに乗せて答える。

♪わが輩のみそめた彼女 黒い眸《ひとみ》でボップヘアー 背はひくいが肉体美 おまけに足までが太い♪

♪そんな娘《こ》に会いたかったなあ♪ 今度は訊かれる前に答える。

「おいおい、大作曲家がそんなんでいいのか？」

「その内モテモテになるぞ」などと皆が囃し立て、その夜の川俣ヂャズ・バンドはのっけから異様に盛り上がった。

勇治が伯父の家に戻ったときには時計の針は十時を回っていた。

自分の部屋に入るとまず寝巻きに着替え、それから炬燵の火を検《あらた》める。いつもどおり炭火が入っている。キクが毎晩入れておいてくれるのだ。横に布団を敷き、その布団を座布団代わりにして炬燵に入る。先程までの大騒ぎが嘘のような静寂の中で気持ちを静める。それから便箋を広げ、万年筆にゆっくりとインキを注入し、しばし文章を考えてから、山田先生と金須先生に礼状を書いた。それから布団に寝転がり、内山金子嬢からの手紙を広げて読み直した。読み進むうちに思わず体を起こして座り直し、再度読み直すと煙草に火をつけて、また寝転がった。ゆっくりと天井めがけて昇ってゆく煙の輪を眺めながら、心臓の鼓動を感じた。ここに同じような思いをしている同志がいる。声楽家を目指して、同じ音楽を独学で勉強している同志がいる。衝撃が走った。勇治は手紙の文章を思い返す。

私はオペラ歌手を目指して声楽を勉強しております。自分で申すのも何ですが、声にはいささか自信があります。普段はレコードを聴いたりして、自分で勉強しております。たまに女学校の先生に聴ひて頂くだけです。本当はもっと良い専門家の方に教えて貰ひたいのですが、家の手伝いしかしてゐませんので、先立つものが中々です。今は三月にちょっとした音楽会があり、そこで歌う予定ですので、自分を鞭打ちながら勉強しております。

彼女は続けて勇治がどのように勉強しているのか訊いてきた。

貴方様はどのようにして勉強なさっておられるのですか？　新聞によると独学で勉強な

さったとのことですが、交響曲をお独りで勉強なさって作曲なさるなんて、どうしたらそんな大層なことがお出来になれるのでせうか？　教科書を読んで勉強なさっても、実際に書くとなると……、私には想像出来ません。自分の書いた譜面をオーケストラが奏でると、どのやうなシンフォニーになるのか？　私には想像出来ません。きっと貴方様の頭の中は音で満ち溢れてゐるのでせうね。私のやうな凡人には計り知れない才能をお持ちなのでせうね。私はただ努力するしかありません。毎日発声練習をしようと心がけておりますが……、出来ないときもあります。いつか機会がありましたら、是非一度私の歌を聴ひて頂ひて、アドヴァイスを頂けたらと思ひます。世の中には名前ばかり有名で実の伴わない人が沢山ゐます。そんな中で、真の実力のある方（貴方様のような方）に聴ひていただけたら、どんなにか嬉しいことでせう。竹取物語は舞踊組曲だそうですが、歌はないのでせうか？　もし歌が入ってゐれば、是非歌ってみたいと思ひます。こんなこと素人の私が言ふのは、僭越《せんえつ》かもしれませんが……。

彼女は更に娘らしく勇治の容姿に言及している。

新聞で拝見した貴方様のお写真を見ると、短髪できりりとした眼差し、学生時代のお写真とお見受けしましたが、今でもあのお写真とお変はりないと存じます。写真からでも、性格と云ふものは読み取れるものですね。貴方様は誠実で意志の強いお方とお見受けしました。意志を強く持たねば何事も成就出来ませんものね。

今まで自分の容姿を誉められたことのない勇治は、この文章が一番気に入った

近々渡欧なさるとのこと。叶うことなら私も留学したいですが、それは夢また夢です。でもいつか世界の舞台で歌って、世界中の人をアッと云はせたい。そんな夢を抱いて勉強してゐます。

こんな大きな夢を持って音楽の道を志している内山嬢の歳は勇治より三歳年下だった。

私は女学校を一昨年卒業し、今は家事を手伝ひながら、歌の勉強をしております。私の誕生日は皇后さまと同じ三月六日です。明治四十五年の早生まれです。私の家族は、母と兄がひとり、そして女姉妹が六人おります。私は上から三番目です。父は獣医でしたが私が十二のときに他界しました。兄は満州の大連で仕事をしてゐます。一番上の姉は結婚して東京におります。ですから家は母と五人姉妹の総勢六人で、いつも賑やかです。私は来週から、東京にゐる姉の所に手伝ひに行きます。姉が病気で入院するからです。もしご返事を頂けるな

ら、次の住所宛にお送り下さいませ。私は独りで興奮しております。素晴らしい方の存在を知ってです。その興奮のまま、このやうな不躾《ぶしつけ》なお手紙を差し上げた事、どうかお許し下さゐませ……。

愛知県の豊橋とはどんなところだろう？ 修学旅行で関西、名古屋には行った。豊橋は確か名古屋の近くの筈だから、途中で通り過ぎただろうが、記憶は無い。でも地図を見るのは大好きだ。小学校の頃はよく地図を眺めては空想に浸った。豊橋は福島に比べればはるかに暖かく、海の幸に恵まれたところに違いない。そして名古屋といえば、東京、大阪につぐ大都会だ。必ず良い先生に教えてもらえるだろう。勇治は返事の文章を頭の中で組み立て書き始めた。まずはお礼の言葉。

心のこもったお手紙、どうも有難うござゐます。同じ音楽の道を志す方からの言葉を私は本当に嬉しく読みました……。

それから彼女の疑問に答える形で、自分の考える勉強法と励ましの言葉を書こう。

まずは音楽を沢山沢山聴くことです。出来れば楽譜を見ながら。そうすれば楽譜に書かれているフォルテとかピアノとかクレッシェンドなどの表現記号やテンポの指示を演奏家がいかに解釈してゐるかが分かります。同じ曲でも演奏者によってその解釈は随分と違ふものです。沢山聴ひて、自分が一番よいと思う演奏を更に聴くことです。声楽家を目指すなら、まずこれをお勧めします。

そしてそれから自分なりの表現を取り入れて練習なさることをお勧めします。物真似は駄目です。最初は真似でよいですが、本当の芸術家になるためには、自分の個性を活かさなければ絶対に駄目です。勿論発声練習は大切です。声楽家として基本中の基本です。それを毎日やってゐらっしゃるそうですから、貴女はきっと立派な声楽家になれると思ひます。とにかく勉強、勉強、そして熱です。音楽に対する情熱を持つことが一番大切です。好きこそもののの上手なれ、と言ひますが、そのとおりです。

勉強といふと、何か面白くない面倒なことと思ひがちですが、それは無理矢理押し付けられる学校の授業などです。好きならば、本当に好きならば、勉強はとても楽しいです。私は昼間銀行に勤めてゐますので、勉強したり作曲するのは夜になります。作曲していると時間の経つのも忘れてしまいます。深夜の二時、三時になるのはいつものことです。

でもときに飽きたり、迷ひが出たりします。それを乗り越えるのは信念と情熱です。熱があれば、そして絶対に音楽家になるのだといふ確固たる信念があれば、苦しい時もきっと乗り越えられるでせう。留学だって決して夢ではないと思ひます。本当に留学したいのなら、私があちらに行って一、二年して落ち着いたら、貴女の留学のお手伝ひも出来ると思ひます。こんな安請け合いはしないほうが良いかとも思ったが、それ以上に無性にこの乙女を励ましたかった。

何か精神論的になってしまいました。実際には色々な勉強があります。音楽を聴くことに飽きたら、本を読むのも良いと思ひます。理論書や教科書だけでなく、音楽家の伝記なども、音楽家としての生き方を学ぶ上でとても参考になります。いつか貴女の歌を聴かせて頂きたいと思ひます。そのときは私の作った歌を歌って下さい。こうして知り合へた友のために曲をプレゼントしたいと思ひます。少し時間を下さい。近いうちに必ず曲をお送り致します。

これは安請け合いではない。何か彼女のために曲を書こう。そうだ、手紙にあまり時間を取られては駄目だ。このところ作曲していない。人に偉そうなことを書いても、自分が怠けていてはいけない。手紙は早く切り上げよう。あとは何を書こうか……。

私の容姿のこと、褒められるのは初めてで、恥ずかしいです。新聞の写真は二年ほど前のものですが、今も変りません。ご覧のとおりのいたって平凡な男です。

あとは結びの言葉でいいだろう。

　こうしてお手紙を頂ひたのも何かのご縁。互いに音楽の道を志す者として、頑張りませう。新聞には近々渡欧するように書かれていたようですが、今の予定では暫く（半年から一年位？）東京に出て外国語会話など学んでから、渡欧するつもりです。早ければ来月にでも上京したいと考へてゐます。そのときまで貴女が東京にゐらっしゃれば、きっとお会ひ出来るだろうと思ひます。お時間がありましたら、またお便り下さい。

古関勇治

手紙に書かれていた東京の住所を封筒に書き、宛名を書いた。

内山金子様。

金子、なんと読むのだろうと気になった。かねこ？　きんこ？　きっとかねこだろう。

便箋と封筒を片付けると、勇治は炬燵の上に山積みになっている五線ノートや詩集の間から書き掛けのスコアを引っ張り出した。去年の春から取り組んでいる「五台のピアノの為の協奏曲」だ。第二楽章までは一気に書き上げたが、その後が中々進まない。第三楽章は三拍子で新しい第二主題を登場させ、軽やかなワルツ風にする構想なのだが、最初に書いた第二主題は見直すうちに気に入らなくなり、もう一度練り直している。第一主題とがらっと変えるつもりだが、第四楽章では第一主題の変奏と第二主題の変奏を、第一ピアノと第二ピアノで同時に弾いて行く予定なので、和音進行に細心の注意が必要だ。

勇治は頭を抱えて考え込んだ。様々なメロディーが飛び交い、和音が鳴り響き、様々な音符が浮かび、渦を巻き、そしてある形をなしつつあった。五線紙を一枚取り出し、浮かんだ旋律と和音をさっとスケッチした。これなら行けそうだ。テーマとそのヴァリエーションを考え、五台のピアノの分担を決めて、スコアに書いてゆく。もう勇治はすっかり作曲に没頭し、時の経つのも忘れて頭の中で鳴り響く音楽を夢中で五線上に記していった。

（注1）山田耕作（やまだ　こうさく）1886―1965
作曲家、指揮者。1908年、東京音楽学校（現東京藝術大学）卒業。1910年から3年間ドイツに留学。日本人初の交響曲を作曲。1930年12月、耕筰と改名するが、本書の時期はそれ以前なので耕作と記す。詩人北原白秋とのコンビで数多くの歌曲、童謡などを作曲。代表作「からたちの花」「この道」「赤とんぼ」「ペチカ」「待ちぼうけ」
（注2）金須嘉之進（きす　よしのしん）1867―1951
正教神学校を卒業後、1891年から3年間ロシア・ペテルブルクの帝室音楽院に留学し、バイオリン、聖歌指揮を学ぶ。東京復活大聖堂（ニコライ堂）の聖歌隊指揮者として活躍する傍ら、日本で最初の管弦楽団「明治音楽会」にバイオリニストとして参加。西洋音楽の普及に努める。慶應義塾の最初の塾歌などを作曲。192

3年、関東大震災で被災し故郷仙台に引き上げ、仙台正教会の聖歌隊を指導するとともに宮城県第二高等女学校などで音楽の教鞭をとる。
（注3）リムスキー＝コルサコフ　1844―1908
ロシアの作曲家。独学で作曲を学び、三つの交響曲を発表。1871年よりペテルブルクの帝室音楽院で作曲と管弦楽法の教授を務める。代表作　交響組曲「シェヘラザード」。
（注4）当時は流行り歌をまとめてヂャズと言っていた。ここでは当時の雰囲気を出すために、敢えて「ジャズ」ではなく「ヂャズ」と表記した。
（注5）榎本健一（えのもと　けんいち）　1904―1970
喜劇俳優。戦前の浅草オペラなどで大活躍し、エノケンの愛称で親しまれ、日本の喜劇王と言われた。戦後も映画や舞台で活躍した。

『洒落男』はF・クラミット作曲、ルー・クライン作詞の『ア・ゲイ・キャバレロ』の詞を坂井透が日本に置き換える形で翻訳・作詞した歌。最初はエノケンとコンビだった二村定一が歌ったが、舞台で歌ったエノケンの歌の方がヒットした。

2

金子が東京・阿佐ヶ谷の姉の家に来てから三日が経っていた。風邪をこじらせ肺炎に罹った姉の富子は、自宅療養していたが経過は思わしくなく、来週から入院することになっていた。金子は床に臥《ふ》している姉の世話と、家事の一切を面倒みていた。三年前に生まれたばかりの子を亡くしてから、まだ子供はいない。

義兄の中島久は理系の学者で、陸軍士官学校の教授をしている。会社勤めと違って出かける時間も帰って来る時間も日によって違った。そして家にいるときも、いつも書斎で勉強をしていた。

その日は早めに昼食を済ませ、姉におかゆを食べさせてからささやかな冒険に乗り出した。近所の本屋では声楽の楽譜はおろか音楽全般の一般書さえ扱っていなかったので、意を決して神田まで本を買いに出掛けたのだ。姉の家に来てから、近所への買い物を除けば初めての外出だった。市電の系統図を頼りにしての、不慣れな東京の街の探索《たんさく》だった。

御茶ノ水《おちゃのみず》から神田神保町《じんぼうちょう》の本屋街を歩き回り、とある古本屋で前から欲しかったレーマンの『獨唱《どくしょう》の仕方』を見付けた。大正十一年刊行だから八年前の出版だが、豊橋では手に入れられなかった本だ。弐円《に》という値段に暫し思案したが、元々の定価弐円六十銭より安いし、武井武《たけいたけ》雄《お》(注1)装丁の綺麗な本だから買い得だとも思った。思い切って買い込み、大事に抱えて市電を乗り継いで銀座へ出た。街を闊歩《かっぽ》するモボモガ（注2）に目を丸くし、彼らのような軽薄そうな人間にはなるまいと、ある種の羨望の念を蔑視《べっし》で押し殺した。私は所詮プロレタリアート階級。彼らのような遊び呆けるブルジョアではない。

　不二家に立ち寄り、憧れのシュークリームを三つ土産に買った。ひとつ八銭。本に比べれば随分と安いと思った。数寄屋橋《すきやばし》を渡って日比谷《ひびや》に抜けた。数寄屋橋のたもとには大きな建設現場があった。日本劇場建設工事と看板が立っているが、工事をしている様子はなかった（注3）。日比谷からまた市電に乗り新宿《しんじゅく》に向かう。市電は宮城《きゅうじょう》（注4）のお濠端を走り、左手には建設中の国会議事堂も見えた。その巨大で堂々とした骨組みに金子は驚いた。完成までまだ何年もかかるらしいが、出来たらさぞかし立派な建物になるだろうと想像した（注5）。省線《しょうせん》（注6）に乗るより市電の方が街並みが良く分かる。ちょっとした東京見物をしたようで、得をした気分になった。

　新宿からの省線電車の中では席に座るなり、僅かな間ではあったが『獨唱の仕方』を取り出して読み始めた。阿佐ヶ谷の駅に着いたときは夕闇が迫り、小雪が舞い始めていた。駅から八分ほどの道のりを、かじかみながら小走りで駆けて姉の家に戻った。

「銀座に寄り道してね、不二家のシュークリーム買って来たよ」

　茶の間の炬燵に潜り込み、隣の八畳間で床に臥している姉に声を掛けた。

「金ちゃん宛に手紙が来ているわよ。そこの茶箪笥の上に置いてあるわ」

「姉さんが郵便受け見に行ったの？」

そう言いながら茶箪笥の上を見ると一通の封書が置いてあった。母か姉妹からかと思ったが『東京府阿佐ヶ谷一六八　中島久様方　内山金子様　親展』と書かれた見慣れぬ筆跡の宛名書きに誰からだろうと訝《いぶか》しく思い、裏返して差出人を見た。

「さっきちょっと熱が下がったようで楽になったから、お手洗いに立ったついでに郵便受けを見たんだよ。古関さんて誰だい？」

金子には姉の言葉が耳に入っていなかった。『福島県川俣町　川俣銀行内　古関勇治』と書かれた字をじっと見詰めていた。決して達筆ではないが、味のある字だった。これが古関さんの字なのだ、と思うと返事を貰った嬉しさが込み上げてきた。封書をしっかりと胸に押し当てて、思わず小躍りした。

「誰なの？　いい人？」

「違う。でも素晴らしい人よ。国際コンクールに入賞した新進の作曲家なの」

金子は姉に詳しく説明する間も惜しんで、封を切って手紙を読み始めた。

読み終えると姉の詮索《せんさく》する視線を避けながら、

「もうこの時間だと御用聞きも来ないわね。晩御飯の支度するから、お使いに行って来るわ。何を作ればいい？」と訊いた。

「帰りに買って来なかったの？　何でもいいから任せるわ」

「分かった。行って来る」

金子は財布を持つと小雪の中に飛び出した。先程とは打って変わって寒さも気にならず、♪ゆーきやコンコ　アラレやコンコ♪と童謡を口ずさみながら、時折スキップしながら小走りに駆けて行った。

♪猫は炬燵で　丸くなる♪　いや違う、♪私は炬燵で　手紙書く♪　だ。

晩御飯の買い物はある意味口実で、金子が買いたいのは、便箋に封筒に切手だった。


夕食の支度をしながら、台所の勝手口の横にある風呂の焚《た》き口に薪《まき》をくべて風呂を沸かし、先に姉に食事をさせ、帰って来た義兄と一緒に夕食を食べ、ちょっと起き上がってきた姉と三人でシュークリームを食べて、義兄が風呂を使っている間に洗いものを済ませ、姉の体をタオルで拭いてあげてから最後に風呂に入った。

自分にあてがわれた玄関脇の六畳間でほっと一息ついたときには、時計の針は九時半を回っていた。炬燵にあたりながら、今日買った本をざっと一通り読んだ。それから再び勇治からの手紙を読み返した。音楽に対するひたむきな情熱が感じられた。親身なアドヴァイスが嬉しかった。

自分もこの人に負けないように頑張ろう。追いつけなくとも、付いて行けるように頑張ろう。同じ道を歩む、気持ちの通じる友がいる。

金子は、今迄漠然と感じていた迷いが消えうせ、何事にも挫《くじ》けない勇気と、広い世界に向かって羽ばたく自信を得たと感じた。それが古関勇治という見知らぬ男性からもたらされたということに、金子は何か運命的なものを感じた。金子はペンを執った。


貴方のおたより私はほんたうに嬉しく拝見いたしました。

貴方を知り得たといふことは、私の一寸したウィットからにもよりませうけれど、それ以上に不思議に運命の糸をあやつる神（?）の力によると考へられます。

あの新聞紙が私の手に入り私の目に、心にしっかりと止り、更に思ひ切って差し上げたお手紙により貴方が御返事下さった。偶然と云ひませうか何て云ひませう。狭いようでも廣いこの世界にこうして結ばれた魂と魂（結ばれたといってよいと思ひます）。

お互いが眞剣に生一本な心の持主だったら、一致した時、必ず偉大な藝術を産み出すことが出来ると信じます。私は固く信念します。それなればこそ今迠悩みながら押し切ってきた私の心に光明が感じられ希望が輝きはじめたのでございます。何と嬉しい事でせう。私は幸福で堪らなくなりました。きっと私はより以上勉強することが出来ます。今迠でもしたかったのですけれど、書を家へ残して来ましたので。


ここまで一気に書いて読み直し、ちょっと照れくさく感じた。今は興奮している。高ぶる感情のまま心の内を書いてしまったが、後でちょっぴり後悔するかも知れない。一晩寝て、明日また考えて書こう。そう思い金子は床に入ったが、興奮は収まらず、こう書いた方がいいか、ああ書いた方がいいか、あと何を書こうか、また返事をくれるだろうか、これから文通は彼が渡欧しても続くのだろうか、私が留学なんて本当に出来るのだろうか、私のために書いてくれる曲はどんなだろう……。取り留めのない想念が頭の中を駆け巡り、目は益々冴えてしまった。えーい、もう寝てはいられない。金子は再び起き上がると手紙の続きを書いた。

而《しか》し今日は神田で一寸した本を見付けて来ました。もう全部讀み終へましたから明日から少しづつその中の歌ひ方の研究をするつもりです。貴方もよく御勉強なさる御様子、まことに嬉しく存じます。何と申しましても天才も努力でございますものね。私など最初楽譜を書くのを美術的になどと考へまして今から考へると馬鹿らしい時間の空費をいたしました。而しそのためによく夜の二時までにはなりました。こちらへ来ましてからは大抵十二時過ぎ位に眠ります。

時計を見ると一時だった。

朝は五時に起床、一時間ばかりを讀書やら色々書物の整理をいたします。而し貴方が二時三時までもお寝《やす》みにならないなど承《うけたまわ》りますと自分が不勉強のやうな気がいたします。睡眠時間は三時間あればよい、と仰言《おっしゃ》る方もありますが、而し私共はやはり体に毒ですから十二時か一時までだと思ひますが。こう申し上げる私が時々それを破ってゐるのですから。ほんとうに熱です。私もそう思ひます。不断の努力は必らず認められる時が来ると思ひます。色々とお教へ下さいまして有がたうございます。こうした事に私の心は一層励まされます……。

がくんと頭が揺れて金子はハッとして姿勢を正した。文を考えているうちに一瞬眠ってしまった。読み直すと字も少し乱れている。あとちょっとで終わりにしよう。金子は睡魔と闘いながら文章を考え、朦朧《もうろう》としながら書き終えると封筒に入れ封をした……。

貴方が髪を伸ばしてゐらっしゃらない事、私の予期してゐた事です。ピカピカヴァレンチノ（注7）を気取ったモボ、人格的な輝きはゼロと思ふ。人間の眞の美は精神美である。ほんとうに信じます。頼ります。一年でも二年でも。ドイツ語を少しやりかけた。声楽を理論的に根本からやりなほす。楽界をアッと云はせたい――。

勇治は戸惑った。受け取った手紙はここで終わっていた。唐突に字も文章も乱れ、熱病に躍った人のうわ言のようだ。病でも患っているのだろうか？　急に心配になった勇治は、早速返事をしたためた。

ふたりの文通が始まった。

（注1）武井武雄（たけい　たけお）1894—1983　童画家、版画家、造本作家　いわゆる豆本などを刊行した。ちなみに古関裕而は後に武井武雄の豆本の会の会員となった。
（注2）モボモガ　モダンボーイ、モダンガールのこと。昭和初期、洒落た服装をして、街を闊歩した若者たちのこと。
（注3）日劇こと日本劇場は1929年2月に着工したが、資金難のため一時工事は中断。1933年4月に再開し、同年12月に開館した。ここで1954年に古関裕而の作曲生活25周年記念ショーが、1980年には作曲生活50周年記念ショーが催された。1981年2月に閉館し取り壊され、1984年10月跡地に有楽町マリオンが出来た。
（注4）皇居のこと。戦前は宮城（きゅうじょう）と言った。
（注5）国会議事堂は1920年1月に着工し1936年11月に竣工した。
（注6）省線、省線電車　鉄道省が運営する電車であったことから、こう呼ばれていた。現在のＪＲのこと。
（注7）Rudolph Valentino　1895—1926　イタリア生まれのハリウッド・スター。1920年代前半の無声映画時代の大スター。美男の代名詞的存在。

3

二月の中旬に富子姉は入院し、金子は姉に付き添って病院で寝泊りしていた。

ふたりの文通は本格化して、手紙を受け取るとすぐに返事を書き、四、五日後にはその返事が来る、という具合だった。

最初の古関さんからの手紙に対して返した、あの恥ずかしい手紙のことを考えると、金子は二週間ほど経った今でも赤面してしまう。

睡魔に襲われながら書いた手紙を、何故、内容を読み返すこともなく投函してしまったのか。封がされ宛名も書かれ切手も貼ってあったので、わざわざ開封して読み返すまでもないと思ってしまったのだ。

それから三日も経たずして来た勇治からの手紙を読んで、金子は自分が変なことを書いたらしいと悟った。

『自分はモボやヴァレンチノとは程遠いです』とか『楽界をアッと云はせる日は、きっと必ずやって来るでせう』とか書いてあるところから考えると、自分がそういうことを書いたらしい。

そう思うとそんな気もしてくる。更に『風邪などを引いて、熱を出さぬように』とか『あまり夜更かしは体に良くない』とか『寝不足は、頭の働きが悪くなる』とか『お姉様の看病だけで大変でしょうから、無理をなさらぬよう』などとやたらに体の心配をしてくれていた。

以来、手紙は朝、頭がすっきりしているときに書くようにした。そして金子のもとに定期的に届く手紙は周囲にちょっとした波紋を投げかけているようだった。

　病院にまで手紙が来ると、

「その古関さんて随分筆まめだね。会った事も無い人に何を書いてくるんだい？」と姉は詮索してきた。

「何を言ってるの。文通よ。ぶ・ん・つ・う。会ったことないからこそ、色々な相談事が出来るのよ。特に共通した趣味や、私たちの場合は共通の目標だけど、そう云うものがあるから、話題には事欠かないのよ」

「ふーん。でも文通するのも、声楽を勉強するのもいいけど、もっと真剣に考えなくちゃいけないことがあるでしょ」

「え？　音楽会のこと？」ととぼけた。

「分かっているくせに。お見合いよ。私はお母さんから頼まれているんだから。東京にいる内に、誰かいい人探して見合いさせろって」

「私はまだ結婚したくないの。もっと歌の勉強をしたいのよ」

「何言ってるの。お母さんが経済的に大変なこと、あんただって分かってるでしょ。清子が片付きそうだから、今度はあなたの番よ。早く結婚しないと。いつまでも親の脛《すね》を齧《かじ》ってはいられないんだから。それに結婚したって歌の勉強は出来るわよ。私が退院して元気になったら、必ず見合いさせるからね」
そう言われると金子は憂鬱《ゆううつ》になった。私はまだ数え十九。誕生日は三月だから、満年齢ではまだ十八にもなっていない。清子姉さんの見合いは話が纏《まと》まり、祝言をいつするか、両家で相談している。少なくともあと二年、清子姉さんと同じ歳になるまでは、結婚なんて考えなくてもいいではないか。まだまだ歌の勉強をしたい。いや古関さんに励まされて、これから本気になって勉強をしようと決心した矢先だ。そんなに簡単に決心を曲げたりするものか、と金子は思っていた。

姉が退院すると、見合いの件は金子にずっと重く伸《の》し掛かってきた。そのことは手紙にも書かず、心に秘めていた。いつしか勇治からの手紙だけが、金子の心を晴れやかにする太陽となっていた。

二月の末に来た手紙には、三月の末ごろ上京し留学の準備をする、と書かれていた。そして『金子さんのお名前は何とお読みするのでしょうか？ かねこさんでしょうか、きんこさんでしょうか？』と訊ねて来た。自分の名前が好きでなかった金子は、自分の名の読み方を教えるのは嫌だったが仕方ない。

便箋が切れてしまっていたので、机の引き出しを引っ掻き回し、小さな便箋サイズの中央に小さく「君はるか」という題の、浅原鏡村《あさはらきょうそん》（注1）という人の詩が印刷されている紙を見付けた。

『君を思えば　はるかなり
浪のかなたを　はるかなり
たよりをよめど　かすかにて
涙のうちに　はるかなり』

下の方には一輪のバラの花の線画が印刷されている。少女じみた便箋だと思ったが、早く返事を書きたかったので、その紙の裏を使うことにした。

レターペーパーが無いのですけれど、すぐ返事が書きたいので、こんな紙に書きます。あしからず――。早速お手紙下さいまして有難う存じます。お忙しい御様子、何よりと存じ上げます。私へなぞ何時でも宜しゅうございますから、何卒良いものをどしどしお作り遊ばすやう、祈ってゐます。

それから最近の自分の様子、藤原義江《ふじわらよしえ》（注2）と関屋敏子《せきやとしこ》（注3）が共演する音楽会に行きたかったが、姉が寂しがるので諦めたこと。藤原義江に自分の声を聴いて貰いたいと思っているが、何かツテはないかと訊ねた。ここまででもう便箋の半分以上を越してしまった。書きたいことはまだまだ山ほどある。仕方ない。足りなくなったら裏に続けて書こう。

従弟様がヴォーカル・フォアに入ってゐらっしゃるよし、何処の誰達の、ですか？ 音楽学校へは私行きたく有りません。声が型にはまって延びないそうですから——。やはり洋行したいのですけれど。そして貴方のやうな方とでしたら一層話も合って面白かろうと私も思ひますが、而しお金の問題ですから。でも必らず洋行出来そうな予感て云ひますか、兎に角そう心に信じてゐますの。何か素晴らしい歌でレコードが売れたらなど想像してゐるのでございますの。貴方は語学はお出来になるのでせう。私は片言で英語、ロシヤ語、支那語、が出来るきりです。洋行には間に合ふか如何《どう》か「？」です。而し実地に当ったら必ず意味は通じると思ひます。何しろ貴方が羨ましくて羨ましくて仕様がありません。

器楽は何をおやりになりまして？ 私ね、琴（千鳥、大内山の程度）、マンドリン（自我流）、ハーモニカ（ベース・オクターブが入ります。正式にやってはゐません）。ピアノはありません から一寸しか出来ません。何よりピアノが大切と思ひますけれど。

東京へ三月末にゐらっしゃいます由、私、音楽会が二十日頃ですから、丁度帰省しますの。全く残念ですね。而し亦《また》上京する心算《つもり》です。其の節声の方も、うんと叱っていただきませう。是非御住所御通知下さいませ。下宿なさいますか？

それから私の名金子はよく問題にされるのです。キン子です。華な女優のやうだと云ふ人もあれば、固くて冷たそうに光った名だ、と云ふ人もあれば。而し私は如何にも欲張りみたいな感じのする名だと思ひます。わたくしなぞニッケルで結構です。而しこの名の如く光り輝く貴い人間にならうと考へます時、実に名の持つ暗示的な力を感じさせられて嬉しく思ひます。何故お尋ねになるのかと少々気にかかります。

音楽家に関がつく方が多いですね。関屋、古関、関鑑子《せきあきこ》（注4）などと。でも一人も金なんて字は持ってゐらっしゃらない。ヒカンです。

勿論私もまだまだ勉強する心算です。而し、姉達が縁談でしきりに誘惑を試みます。癪《しやく》にさわりますし困ります。私の意志は勿論固いのですけれど、軍資金が無いし、全く途方にくれてゐます。一先ず帰省し様子を見て好い機会を得たら直に上京する心算です。一時になりましたから、今夜はこれにて。さいなら。

金子

キン子と読むのか！　キン子、キン子、キン子と勇治は声に出して読んでみた。なんと心地よい響きだろう。

そして縁談話。結婚したらきっとこんな風に文通は出来なくなるだろう。折角得た友を失いたくない、と思った。結婚して歌まで諦めたら最悪だ。

勇治は金子に約束した曲に早速取り掛かる気になった。

声楽家の荻野綾子《おぎのあやこ》（注5）から作曲の依頼があり勇治は張り切ったが、最近疲れのせいか体調を崩して、延ばし延ばしにしていた。でも同じ会ったこともない人のためならば、金子さんの方が先だ。

ひとしきり手元にある北原白秋《きたはらはくしゅう》と三木露風《みきろふう》詩集の中から詩を物色した。白秋の「垣《かき》の壊《こわ》れ」か露風の「山桜《やまざくら》」か、どちらもいい。でも最初に贈る歌としては「山桜」のほうが良いだろう。今日は三月の三日、雛祭りだから花の歌が相応《ふさわ》しい。それに……、この便箋に印刷されている歌。これもいい。こんな便箋を持っているのは、きっとこの詩が好きなのだろう。「君はるか」。何かふたりにピッタリな気がする。

勇治は暫く曲想を練ったがすぐには思い浮かばず、手紙の返事を書くことにした。

お手紙うれしく拝見致しました。

東北の町は今みぞれ雪が重々しく降ってゐます。炬燵に入って独り楽想にふける時、五線紙の上を綺麗なメロディーが流れて行きます。

良きお友達を得た喜びに、今、荻野綾子氏からの催促をすてて、作曲に熱中してます。きっと御満足する曲を差上げます。灰色の空の下で作曲したこのメロディーが、ステージの上より聴衆の耳に入るのは何時でせうね。

私の従弟は松平里子《まつだいらさとこ》（注6）さんのヴォーカル・フォアに入ってます。従弟の姉も東京に居り、ピアノを勉強して居ります。市外目白に住んでます。

勇治はちょっと筆を休め、昨日両親と相談して決めたことを知らせることにした。

昨二日の日曜に実家、福島市に帰へり両親と相談致しました結果、東京で一年位最初勉強して英国に行く計画でしたが、急に変更致して本年中遅くも九月迄には日本を離れて、ロンドンに行く事にしました。ロンドンの国際作曲家協会（International Music Composers Association）より再三再四来る様言って来ますから、つひに九月迄に行く事にしました。あと六ヶ月です。是非とも貴女とお会ひ致したいと思ひます。豊橋にお帰へりになって居られる様になりましたら私の方で豊橋に行ってお会ひ致したいです。どうせ大阪に行かなくてはならぬ事もありますから。今月末には東京に出ます。

ロンドンに行く便船決定次第御通知致します。

プロレタリヤだからとて悲観しちゃ駄目です。私もプロレタリヤです。

私が英国で一生懸命作曲し、楽譜（オーケストラ曲だけですが）を出版し、きっときっと貴女をお呼び致しませう。

未だ貴女の声に私は接しませんが、キット素晴しい声を信じます。持って生れた天分を何処迄も何処迄も伸ばして下さい。お願ひ致します。

お姉上様達が、結婚をおすすめとの事、この問題は重大な事です。よくよく末々の事をお考へになられます様。結婚してしまへば芸術の方に進む事は出来なくなると言ふ訳けぢゃありませんが、大部分の人を見ますと、そんな様な傾きある様です。

貴女自身よくお考へになる様に。

語学は大部達者の様ですね。私は英佛独だけです。どうにか物にはなります。分からなかったら貴女の仰っしゃる通り、身振り手振りで押し通します。

独唱会が近づいてお忙しい事でせうね。御盛会を祈ります。

お名前の呼び方お聞き致し真に失礼しました。けっして悪意があってお聞きしたんぢゃないんですから。何とお呼び致すか知りたかったのでした。遅ればせながら、私の呼び方を。

お解りと思ひますが、コセキ ユウジです。

内田栄一《うちだえいいち》（注7）、山田耕作、外山國彦《とやまくにひこ》（注8）、山田源一郎《やまだげんいちろう》（注9）等、皆貴女の苗字、内山に縁がありますね。関よりも沢山有名な方に御縁がある様ですね。金の字がつく方では、苗字ですが金須嘉之進がいます。

器楽、断然ピアノをおすすめ致します。あとは何もやらなくてもいいです。ピアノの程度は、十二の音階全部弾く程度で結構です。ソナタやコンツェルトを弾く必要ありません。

藤原氏の住所不確かで解りません。残念です。しかしきっと紹介致します。今暫くお待ち下さい。

楽譜三月二十日のリサイタルには間に合わないでせう。しかし出来る丈《だけ》書きます。今少し体の具合が良くないんです。あんまり過激に勉強したもんですからね。「君はるか」作曲します。

とりとめのない事を書きました。頭の中が混乱してますものですから。悪しからず。清く、いつまでも御交際願ひます。

ではまた、二、三日後に。

古関勇治

この手紙を勇治が書いている頃、金子は一旦豊橋に帰っていた。朝、姉の家を出る前の慌ただしい中で金子は、豊橋に帰省するが三、四日後には東京に戻ること、などを簡単に葉書にしたため投函しておいた。

家に帰ると母や姉妹が待ち構えていて、富子の様子を知りたがった。金子は清子の婚約相手の川崎謙治《かわさきけんじ》がどんな人か会ってみたかったが、それを言うと自分の結婚話が蒸し返されるのではないかと思い、自分からは切り出せなかった。

しかしその夜、名古屋に住んでいる川崎謙治が遊びに来て、皆と一緒に夕食を食べて帰ってゆくと、母はいそいそと見合い写真を取り出して来た。

「どう、この人。陸軍の少尉さんだよ。士官学校を出たばかりで、将来を嘱望《しょくぼう》されている人だって。立派で男前じゃない」

金子はちらっと写真に目をやったが、いかつい顔立ちで、とても金子の好みではなかった。

「軍人なんか嫌よ」

「どうして？　お国のために働く立派な人じゃない。どんな不景気だって関係なく生活は安定しているよ。あくせく商売するより、よっぽどいいわ。若かったら私が結婚したいよ」

「まあ。何言ってるの。私より松ちゃんに勧めたら？」

「馬鹿言うんじゃないの。松子はまだ女学生でしょ」

「冗談よ、お母さん。兎に角私はまだ結婚するつもりはないの。これから本格的に歌の勉強をするんだから。もしかして洋行するかもしれないわ」

母は目を丸くした。

「洋行なんて、お前……、お金はどうするの？」

「今すぐじゃないわ。二、三年先よ。古関さんが向こうの生活に慣れたら手助けしてくれるから、それまでにお金を貯めるの」

「まあ、なんと……」

母は暫く絶句していたが、やがて気を取り直して、「あんた、その会った事も無い、どこの馬の骨だか分からない古関さんとやらと、そんな相談してるのかい」ときつい口調で訊いてきた。

「会った事も無いけど、気が合うのは確かよ。それに真面目で才能があるのも確かだわ」

「だけど結婚相手には向かないね。作曲なんかじゃ食べて行けないよ」

「そんなことないわ。英国から招かれて留学するのよ。才能のある証拠でしょ」

「手紙じゃ何とでも書けるけどね、お前のために留学の手助けをするなんて、会った事もない相手にそんなこと言うのは、無責任な男の証拠だよ」

「そんなことない。真面目な人だというのは、手紙を読めば分かるわ。音楽に対して、人一倍の情熱を燃やしている。芸術家に悪い人はいないわ」

「何を言ってるのだろうね、この子は。芸術家なんて我がままで気まぐれな人種と相場は決まっているよ」

「そんなことない……」

男女の仲というものは、周囲が反対すればする程《ほど》熱くなる。

金子は勇治のことを良き友としか考えていなかったが、母の反対に遭って勇治を弁護している内に、彼を思う気持ちが益々強くなってゆくのを感じた。

彼は素晴らしい人だ。親身になって私のことを考えてくれている。そんな人に私は未だ出会ったことはない。古関さんは私の運命の人かもしれない……。

その夜金子は勇治に手紙を書いた。


今日の夕方に豊橋の実家に帰へりました。今は夜の十一時です。

母が早速見合ひ写真を持ってきましたが、私には勿論そんな気はありません。きっぱりと断りましたら、母が貴方のことを訊ひてきました。

最も気の合ふ方と言ひました。私の本心です。貴方と云ふ方と知り合へた事は、正に運命としか思えません。もし貴方と知り合へていなかったら、私はきっと周囲の勧めに従って、結婚してしまうでせう。貴方の励ましがどんなに私の支えになっていることか、これも運命の巡り合せでせう。私も洋行出来る日が来る事を信じ、歌の勉強に励みます。でも貴方が洋行してしまったら、どんなに寂しくなる事でせう。でも大丈夫です。今は迷ひはありません。御心配なさらぬよう。貴方の御写真を頂ければ、それを眺めて寂しさを紛らわす事が出来ると思ひます。どんな写真でも結構です。是非送って下さい。三、四日後には又東京に戻ります。では又。

内山金子

四日後に東京に戻ったときには、二通の手紙が金子を待っていた。金子は日付を確かめ、順に読んだ。

一通目の三月三日付けの手紙を読み、九月にロンドンに行ってしまうのか、と寂しく思い、内山にちなんだ音楽家の名前を列挙しているのを可笑しく思った。二通目は金子の葉書を読んでから書いたものだった。

お葉書嬉しく拝見致しました。この三日ほど大蔵省の銀行検査官が来て、銀行検査を致しましたものですから、勉強の方が大分遅れてしまいました。

ほんとうに二人の運命は妙なものです。運命の神は全く不思議な力を持っています。私の記事が新聞紙に出た時、こんなになるとは夢想だにしなかった事でした。そして発表になって僅か一ヶ月半程で、貴女と言ふ最も良き後援者、最も信頼する事の出来得る同伴者を得た事は、全く歓喜に耐へません。

いかに二人の間が離れていても、心は結ばれて居ます。いかに未知の仲でも、よく心と心は理解する事が出来ます。

私の渡欧はほぼ決定致しました。

九月八日横浜出帆、日本郵船の鹿島丸《かしままる》です。印度《インド》を経由して行きます。故国が美しく紅葉する頃着きます。一人旅です。なんとなく寂しい様な、又愉快な気持ちになります。

金子さんも一緒にと、度々考へました。しかしそれも出来ない事です。ビクター会社より、レコードの版権（?）の権利金が出発までに間に合へば御一緒に渡欧し、一緒に勉強したらと思った事もありました。

しかし私はキット、貴女を英国にお呼び致します。どんなに困難をしても、お呼びします。悲しむ事はありません。

私を信頼して下さる貴女、かくれた声楽家の貴女の為、世界の楽壇《がくだん》に貴女を紹介致します。きっときっとお呼び致します。そして二人は日本楽壇否《いな》世界楽壇のトップを切って進む楽人になりませう。

写真、今ありません。前に銀行の友達と二人して写したのがありますから、その半分、私の処だけ焼増して、お送り致します。

是非貴女のも戴きたいです。お送りになるのを待ってます。本当にですよ。

今ちょっとしたメロディーが浮かんでいます。それをテーマに交響曲を作曲します。全四楽章です。主調はC短調。「内山金子氏に捧ぐる交響楽」と言ふ標題です。

今日以後作曲する歌曲は全部貴女に捧げます。私の歌曲は貴女に依って初めて光あるものと信じます。

また豊橋にお帰へりになりましたら、ご一報下さい。豊橋の方には今迄の様に、お手紙を上げる事、できないでせうか。私の名で手紙を上げて変でしたら、御迷惑でしたら、優子とでもして差上げます。

体が良くありませんでしたから、これで失礼します。少し休養しますから。ではまたお手紙でお会ひする日の一日も早い事を祈りながら。

古関勇治

私を英国に呼んでくれる！　本当かしら？　戯れではないのだろうか？　いや真面目な人だということは文章からでも分かる。下心なんぞ無いに違いない。同じ道を進む同志として、二人で英国で音楽の勉強をするなんて、なんと素敵なことだろう。

金子は喜びに浸る一方、体を壊しているという勇治のことを何よりも心配するのだった。

（注1）浅原鏡村（あさはら　きょうそん）1895―1977
詩人。作家。本名は六朗。長野県出身。早稲田大学卒業後、実業之日本社に入社。雑誌記者、『少女の友』主筆などを務める。その後作家活動に入り、新社会派文学を提唱した。童謡「てるてる坊主」の作詞者である。（作曲は中山晋平）

（注2）藤原義江（ふじわら　よしえ）1898―1976
声楽家。父は英国人。演劇に憧れ新国劇、その後オペラに惹かれて浅草の弱小オペラ一座「アサヒ歌劇団」から「根岸歌劇団」に入団し、最初の妻となる安藤文子の熱心な指導で歌唱力を得る。1920年に声楽の勉強のためイタリアに行き、その後イギリス、アメリカを転々とした後帰国。新聞が「我等のテナー」と書きたて、一躍スターとなる。1939年には藤原歌劇団を設立し、オペラの普及に努めた。

（注3）関屋敏子（せきや　としこ）1904―1941
声楽家。米国人の祖父を持つ。少女時代から三浦環に師事。東京音楽学校中退後、イタリアのボローニャ大学に留学し、卒業後ミラノ・スカラ座に入団し、プリマドンナとして活躍。1929年に帰国したが、1930年、再度渡欧。1941年、睡眠薬自殺した。

（注4）関鑑子（せき　あきこ）1899―1973
声楽家。東京音楽学校卒業。大正末期からプロレタリア芸術運動に参加。1948年、中央合唱団を創立。「うたごえ運動」を推進した。

（注5）荻野綾子（おぎの　あやこ）1898―1944
声楽家。福岡県出身。東京音楽学校卒業後、深尾須磨子とともにフランスに留学。

帰国後、東京音楽学校で教鞭をとるが恋愛問題で辞職。１９３７年、パリの国際音楽祭に出演。フランス歌曲を得意とした。

（注６）松平里子（まつだいら　さとこ）１８９６―１９３１
声楽家。内田栄一などと共に日本初のプロ合唱団「ヴォーカルフォア合唱団」を結成。１９３１年、留学中のイタリア・ミラノで客死。

（注７）内田栄一（うちだ　えいいち）１９０１―１９８５
声楽家。京都府出身。東京音楽学校卒業後、松平里子などと「ヴォーカルフォア合唱団」を結成。藤原歌劇団でも活躍。

（注８）外山國彦（とやま　くにひこ）１８８５―１９６０
声楽家。日本声楽界の草分け。高知県生まれ。東京音楽学校予科に進み声楽を学ぶ。１９０５年、同校声楽科第一期生として卒業。山田耕作などと組み、わが国で初めて独唱会を行う。東京音楽学校教授として、多くの後進を育てる。晩年は日本合唱連盟理事長を務めた。子息は指揮者の外山雄三。

（注９）山田源一郎（やまだ　げんいちろう）１８６９―１９２７
作曲家。我が国初の管弦楽団「明治音楽会」の設立に尽力。

4

勇治は毎朝、銀行まで七分程の道のりを歩いて通っていた。伯父と一緒のときもあれば、ひとりのときもあった。伯父と一緒のときでも、共に無口だったので、一言二言言葉を交わすだけで、ほとんど話もせず、勇治はいつも作曲中の曲のことを考えながら歩いていた。

銀行に行くのは只の習慣で、仕事が面白いわけでもなく、週一回の羽二重の市が立つ日を除けば、銀行はいたって暇で、勇治は仕事をするふりをしながら、銀行の伝票の裏などを使って作曲していた。

しかしここのところ、銀行に行くのが待ち遠しくなっていた。銀行の自分の机の前に座っていても、曲想を練るより時計ばかりを気にしていた。

今日も早く十一時にならないかと、のろのろと進む時計の針をじれったく思いながら眺めていた。小使いの又さんが淹《い》れてくれたお茶を一口すすったとき、ガラッと戸を開けて、普段より五分ほど早めに郵便局のいつもの小父《おじ》さんが入って来た。「はい郵便」と裏の座敷にいる又さんに声を掛ける。入り口の外に郵便受けがあるが、銀行が開いているときは中まで入って来て、手渡すのが常だった。又さんはその郵便を仕分けてそれぞれに配る。ほとんどは業務に関係した郵便で、下っ端の勇治などに来る手紙は皆無に等しかった。

それが急に、数日おきに同じ女性から勇治宛に手紙が来るようになれば、頭取以下行員は僅かに六名で後は小使いの又さんしかいないちっぽけな銀行では、嫌でも皆の目に付く。

「勇治さん、ほらまた彼女からだよ」又さんが、言わずもがなのことを口にしながら、勇治の机の上に小さな薄紅色の封筒を置いて行った。最初は皆の注目を浴びて顔が火照るのを感じていたが、最近はもう慣れて、待ち遠しかった手紙を何食わぬ顔で「どうも」と呟きながら懐に仕舞う。読むのは昼休みか、伯父の家に帰ってからだ。今日は土曜日で半ドンなので、帰ってから読むことにした。


　御返事おくれまして、申し訳ございません。昨日も一昨日も雪でございまして、郊外生活の便利さに、御用聞きも毎日参りますので、三町ばかりのポストへも、中々無断では出掛けられませんでした。何卒悪しからず。

　一度直に認《したた》めたのですけれど、出さない中《うち》に思ひ返したりしまして、亦改めてペンを取り直しました。

　私こそ貴方のお便り、どんなに嬉しく拝見した事でせう。私のため作曲して下さる、といふことさへ嬉しいのです。そして理想にしても、外国へ呼んで下さる、など、仰言っていただきました。私も是非如何《どうに》かして洋行したいと存じてゐます。

　後もう六ヶ月でございますってね。ほんとうにお手紙を読みながら、いつも如何《どん》な方かしら！　と考へ続けますと全く焦立《いらだ》たしくなります。お会いしませう。大阪へは何日頃いらっしゃるのでございますか？　それから何年位あちらにいらっしゃいますか？　プロレタリアートだからと、ほんとに一時は悲観しました。而し貴方に力強い言葉で慰めていただきますと、一筋の光明がさして来たやうに感じられます。ほんとうに貴方のやうな作曲家に行末《ゆくすえ》長く導き御援助していただきましたら、私も、どんなに幸福になれるかと存じます。何卒宜しくお願ひ申上げます。

私の声、自身では矢張りもっともっと勉強し、洗練させなければいけない、と思ってゐます。ただ歌を多く習ってゐないからです。何しろ高女を卒業してから、一年ばかりしか練習してゐませんから。今後二、三年、みっちり何処ででも勉強したら十分だろうと皆様仰言って下さいます。天分なぞございませんのですが、私にはこの道に進むのが、唯一の使命だとも考へられます。どんな難関をも切り抜けてゆく覚悟でござゐます。而し先立つものはお金でございますから、全く途方に暮れます。せめて半年でも一年でも東京で勉強したいのでございますが。

勿論結婚は、二、三年は絶対にいたしません。それも貴方といふ、力強い、すがれる友人を見出したからでございます。

溺れる者は藁《わら》をも摑むと申しますが、今、私が貴方に真剣にぶつかってゆくのも、生涯の迷路にあるからでせう、と思ひます。

どうぞ、一時のたはむれでなく、真面目に真面目にお導き下さいませ。お願ひでございます。

語学の方はまだまだ赤ちゃんです。ものになりませんが、勉強は怠らないつもりです。

ピアノは豊橋に帰ったら、親戚に有りますから、習ふ心算でございます。

お名前の事。いたづら気から姓名判断をしてみましたところ、貴方のは次のやうになりました。

強情強く短気なるため他人の言を容れず失敗することあれど晩年は成功する。大計画を抱き万難を排して大業を貫徹する。

私。諸人の引立てを受けて富貴繁栄を極むる。自己の一存を貫徹して大業を遂げ得る。

二人とも可なり良いと思ひます。何しろ、二人とも、大業を貫徹する事が出来るそうですから、迷信かと笑いながらも信じたく嬉しくなりました。お互に益々はげみませうね。強情は必要な事だと思ってゐます。私自身もそうです。而し貴方をこれによってさうと決め込んではゐません。

真面目腐ってこんな事書いてゐますと貴方がお笑ひになるから止めませう。

音楽会は少し延びるかも知れません。貴方の譜は間に合はなくても、必ず何時か発表したいと思ひます。新しい歌ですから、良いところで発表したいと思ひますから。

「君はるか」作曲なさいますよし、私、唄いませう。浅原鏡村作詞だったと思ひますが――。

流行させたいと思ひます。

勉強、過度になりませぬよう、お気をつけ遊ばして下さいまし。
お返事お待ちしてゐます。

内山

読み終えると勇治は炬燵に入ったまま横になった。目が曇り天井の羽目板の合わせ目が滲《にじ》んで見えた。自分の体を心配してくれたのが嬉しかった。自分を頼りにしてくれるのが嬉しかった。すぐにでも返事を書きたかったが、でもそれより前にすることがある。

一年がかりで取り組んでいた「五台のピアノの為の協奏曲」がようやく完成間近なのだ。ここ数日、毎晩二、三時間の睡眠で頑張って来た。この週末で完成させるつもりである。英国のチェスター社も興味を示している。五月中に届けば出版も考えてくれると言ってきたから、今月の末頃までには仕上げて送らねばならない。

それから来週はビクター・レコードから依頼されている原稿を書かねばならない。販売店などに配る『ビクター』という宣伝雑誌に、自分の紹介と「竹取物語」について一頁ほど書いて欲しいと頼まれているのだ。七月号に載せる予定だと言うが、発行は四月末で、原稿の締め切りは今月末だ。「竹取物語」は上手く話がまとまれば、英国のビクターから夏頃レコードになる予定だ。

横になったまま最後のクライマックスのカデンツァ（注1）の想を練っている内に、いつの間にかうたた寝をしてしまったようだ。ハッと気が付いて起き上がり時計を見ると、午後の三時だった。一時間ほど眠っていたようだ。連日の睡眠不足がたたっているのだろう。ぼーっとした頭を晴らすために、散歩することにした。

東圓寺の石段を登り山門をくぐると、丁度本堂の横に続く住まいの内玄関から堯空和尚が出て来るところだった。和尚は勇治の姿を認めると、「おう、丁度良かった。頼みがあるんだ」と声を掛けて、また家の中に戻って行った。

勇治が本堂の横手からお墓のある裏山に登る石段の下で待っていると、和尚は大判の封筒を持って出て来た。

「こんな事、大作曲家に頼むのは気が引けるがな、俺、歌を書いたんだ。暇なときでいいから、作曲してもらえんかな？」

「和尚が書いた歌なら、喜んで作曲するよ」そう言いながら勇治は封筒から半分に畳まれた半紙を取り出した。広げると達筆な筆で歌が書かれていた。題は『木賊《とくさ》刈り』とある。

利《と》鎌《かま》もて　木賊刈るとも　指なそぎそ　木賊刈り
とぎ鎌の　なぎるそぐひに　足裏な刺しそ　木賊刈り
ともしきに　つかふる妻を　さらに泣かしそ　木賊刈り

万葉集が大好きな堯空和尚らしい歌だ。

「どうだ？　勝手だが雅楽《ががく》風なゆったりとした調べが似合いそうな歌だろう？」和尚は勇治の表情を探った。

「素敵な歌だね。いいよ、雅楽風にしよう。催馬楽《さいばら》（注2）だね。でもちょっと時間くれる？今ちょっと忙しくて……」

「いいよ、いいよ。いつでもいいんだよ。作ってくれたら、俺の一生の宝物にするよ」

和尚は勇治に笑いかけたが、勇治はじっと空を見詰めていた。

「おい、どうかしたか？」

勇治は我に返った。「ううん、なんでもない。ちょっと閃《ひらめ》いたんだ。じゃ、またね」

勇治は飛ぶように走った。走りながら今頭の中に浮かんだアイディアを考え続けていた。

部屋に戻り炬燵に入ると手近な五線紙を広げて、猛然と頭に浮かんだメロディーを書き始めた。雅楽風のカデンツァ。雅楽の音階を使った約六オクターブの上昇と下降。これこそフィナーレに相応しい。一気に書き上げると、今書いたスケッチを見直す。後はこれを五台のピアノの分担を決めて、オーケストレーションを仕上げるのだ。勇治は構想を練った。二台のピアノは和音を鳴らし続ける。一台のピアノは、低音を使って、ゆったりと主題を演奏する。その主題を、残り二台のピアノによる優雅で華麗なカデンツァが彩る……。

勇治は夢中になって鉛筆を走らせた。

夕食を済ませて部屋に戻り、書き上げたピアノパート譜を見直した。少し音が重なり過ぎていて、うるさいかもしれない。濁って、大きすぎて喧《やかま》しい気がする。音が大きいのはある程度仕方がない。ピアノを五台も使えば音が大きくなるのは当然だ。

そもそも五台のピアノを同時に使う、などという試み自体破天荒なことだ。ピアノを五台揃えるのも大変だし、演奏会で弾くとなると、ステージも大きくなければならない。でもそんなことは勇治の頭の中では些細なことだった。誰も考えたことすらないような、破天荒な事。だからこそ、挑戦しがいがあるのだ。もしかしたら、永遠に演奏されないかも知れない。しかしそんな事は全く気にならなかった。挑戦しやり遂げる事が大事なのだ。そう言えば金子さんの手紙にあった姓名判断。大業を貫徹する、とはこのことかも知れない。

少し音を削ろう。でないとカデンツァの後の最終小節の和音が引き立たなくなってしまう。それともここで大きく盛り上げて、最後は静かにピアニッシモで終えるか？ 勇治はまた悩み始めた。

何度も書き直している内に明け方近くになった。疲れ切って横になったが、頭の中ではおたまじゃくしが駆け回り、眠れるものではなかった。

気が付くと外が明るくなっていた。十時を過ぎていた。今日は日曜なので、誰も起こしにも来なかったのだろう。階下に降りると、自分の朝食だけがお膳の上に置いてあった。

畳の上で習字をしていた従妹のみほが墨を磨《す》りながら、「おはよう」と声を掛けてきた。「春」の字を書きながら顔も上げずに「また遅くまで作曲していたの？」と訊く。

黙って頷いて「何を書いているの？」と訊ねると、『春眠暁を覚えず』よ。勇治さんにぴったりだね」と勇治に笑いかけた。

「皆は？」勇治は続きの間を覗きながら訊いた。家の中は静まり返り、人の気配は無かった。

「お父さんはお蔵じゃない？　お母さんは買い物に出掛けた。お兄ちゃんは友達の家に遊びに行ったよ。キクは外の掃除をしている」

台所で物音がし、キクが入って来た。勇治を見ると、「あら、起きてきたんですね。今御御《おみ》御付《おつけ》を温めますね」と言いながら鍋を火に掛けた。

「勇治さん、いつ英国に行くの？」みほが訊いた。

「九月だよ」と答えると、「ふーん。寂しくなるね」と顔を曇らせた。「ここにはいつまで居るの？」

「多分、後一ヶ月か二ヶ月か、そこらだね」

「えー？　そうなの？　つまんないな。勇治さんがいなくなったら、歌ったり、踊ったり、騒げなくなるだろうね」

「しげちゃんがいるじゃない」

「お兄ちゃんとじゃ、つまらないよ。歌が調子外れなんだもん」

「でもダンスはしげちゃんの方がうまいよ、みほちゃんが一番上手だけどね」

「歌に合わせて踊るんだもん。歌が下手じゃどうしようもないじゃない」

「僕だってうまくないよ」

「でも調子は外れないし、リズムだってちゃんとしてるじゃない。作曲家だから当たり前だけどね……。あーあ、勇治さんがいなくなるとつまんないなあ」

「じゃあ、今晩またちょっとやろうか？」

「うん！」みほは目を輝かせて元気に頷くと、鼻歌を歌いながら習字に戻った。

午後一杯を使ってカデンツァを仕上げた。もうすぐ完成する。あと一息だ。最後の数小節を残すだけだ。今晩中に完成するだろう。

夕方になると、近所に住む二郎《じろう》叔父さん一家がやって来た。二郎叔父さんは銀行で出納係をしている。

「家の風呂を今直しているので、風呂を使わせてもらいたいんだ」と二郎は兄の茂平に頼んだ。

「いいよ、まあゆっくりしろ。飯も食べてけばいい」

食事の後は、成夫とみほに二郎の二人の息子とまだ幼い娘も加わって、歌って踊っての大騒ぎとなった。

二郎一家が引き上げて静けさが戻ると、勇治は部屋に籠って五線紙に向かった。それから二時間経って、後は最後の和音を残すのみとなった。和音はAマイノール（イ短調）の主和音と決めているが、それを五台のピアノでどう響かせるか？

ピアノの鍵盤の最低音のA（ラ）から最高音のC（ド）までの七オクターブと三度を全て使うつもりと決めていたが、全てのA（ラ）、C（ド）、E（ミ）の音を鳴らすのは芸が無い。一時間ほど悩みぬいた末に、低音域はA（ラ）とE（ミ）の音を強調し、中音域には六度と九度音程の音F（ファ）#とB（シ）の音を混ぜてモダンな不協和音的な雰囲気を醸しだし、高音域はE（ミ）とC（ド）の音を強調して、響きを心行くまで味わうように、音が静かに消えるまで伸ばすことにした。全音符の上にフェルマータ記号（注3）を書き込む。終止線を引き、じっと出来上がった譜面を見ていると、満足感と喜びが込み上げて来て、ひとりで微笑んだ。

ぐっと手を上に伸ばし、頭をぐるぐると回して横になった。天井を見上げながら、書き上げた曲を頭の中で奏でる。音は全て頭の中に入っている。約三十分程の演奏時間になるはずだ。勇治は五台のピアノが奏でる音楽に聴き惚れた。

終わったとき不意に山田耕作の「からたちの花」のメロディーが頭をよぎった。よく考えると、第二主題が最初の二小節だけだが「からたちの花」の出だしに似ている。でもそっくりという訳ではない。第一こっちは軽快なワルツだ。

気を取り直して起き上がり、便箋を開く。金子さんに手紙を書くのだ。

今、十日の午前一時半です。只、自分の胸のきざみが響くのみです。机の上には、今完成したばかりの「五台のピアノの為の協奏曲」の楽譜と貴女よりのお手紙があります。

頭の中をまた「からたちの花」のメロディーがよぎる。そうだ……。

なんだか　かすかに　かすかに　歌声が聞えます。
白い　白い　花が咲いたよ
からたちも　秋は　実るよ
オー「からたちの花」の歌です。きっと内山さんの声ですよね。
よく聞えます。なんだか自分自身は夢を見てる様です。
遠い遠い東京の市外に居られる貴女。貴女の声が聞えるなんて。
五線紙が二重、三重になって見えます。あの赤い封筒から。そうだ、その封筒から、この封筒から、からたちの花の歌が聞えてきたのです。

×　　　×　　　×

私のような貧弱極まる無名の作曲家を信頼して下さいます貴女。
私はきっときっと貴女を立派な声楽家にさして上げます。それと同時に貴女は私を、私の作品を世の中に発表して下さると信じます。

私と同じ様な境遇にある貴女。そして二人共将来大事を成し遂げ得る二人。お互いに万難を排して、目的の貫徹を期して止みますまい。

芸術家は、時代の尖端を行かなければならないと思ひます。私は未来派の音楽に入って行きつつあります。

今後の声楽家は、所謂歌ふのでなく、語らなければならぬと思ひます。独逸《ドイツ》のアーノルド・シェーンベルク（注4）の「語れるメロデー」を歌ひこなさなければなりません。

日本で語られる方は、ソプラノの荻野綾子氏一人だけです。歌ひ方の根本が固まりましたら、どうぞ、この語り方の歌曲をやられん事を切望します。

先に立つ者は追はれます。しかし、時代の先に立って行く事が出来なくて、人のなした後を続いて行く様な芸術家は、たとへ成功したにしろ駄目です。

どんなに迫害されても、時代の尖端を歩まねばなりません。火の様な熱心を持って進みませう。

× × ×

私は田舎者です。頭の髪の毛も長くせず、坊主頭です。きっと貴女が想像された者とは、全然反対でせう。

学問と言っても、県立の商業学校を卒業した丈です。独逸語、仏蘭西語《フランス》、それに音楽に関する総ての学は全然独学でやって来たのです。そして現在に至ったのです。何でも熱です。熱です。

内山さんも熱でおやりなさい。きっときっと古今絶無の声楽家になられると私は信じます。冗談でも何でもありません。本当です。

熱があればこそ、私の様な者にも、おすがりになられるだろうと思ひます。

貴女の真面目なお心持ち、良く解りました。勿論私は面白半分に、こんな遅く、手紙を書いてるのではありません。内山さんの真剣な態度に応ずる可《べ》く、私も真面目になって、この様にして居るのです。異性だから交際してはいけない、と言ふ事は言へないと思ひます。二人は清く、公明に、お互いはげまして芸術の道に進みませうね。

段々と字が乱雑になって来た。睡魔が襲ってきた。時計を見ると午前三時近かった。そろそろ筆を置かねば……。

私は本当に嬉しいです。本当に良い友を得た事を。お互に、顔を未だ見ず、会った事もなく、話しもせず、只、手紙に依って交際して居るのは、何と皮肉でせうね。しかしこれも運命です。生れるときからこの様になる様に運づけられて来たのでせう。

乱雑で読みにくくて失礼しました。本当にお許し下さい。二、三日体の具合が悪いのです。

貴女のお手紙に「勉強過度にならぬ様」と書いてありましたね。

私は涙が出ます。私は勉強過度になってます。この一週間程の間、毎晩毎晩三、四時間しか寝ないのです。昼は銀行です。貴女の御注意ありがとうございます。本当に涙が出ます。

乱筆多謝。おゆるし下さい。お手紙を一日千秋の思ひでお待ちしております。

三月十日　午前三時過ぎ。親しき友　内山金子様　お許に

（注1）カデンツァ　協奏曲などで、独奏楽器や独唱者による、伴奏をほとんど伴わない独奏部分のこと。

（注2）催馬楽　雅楽のなかのひとつ。管絃の楽器と笏拍子（しゃくびょうし）で伴奏する声楽曲。

（注3）フェルマータ記号「𝄐」　楽譜に記す記号。停止記号。この記号の付いた音符や休符をほどよく引き延ばす。

（注4）アーノルド（アルノルト）・シェーンベルク　1874―1951　オーストリアの作曲家。無調音楽、十二音音楽など現代音楽を確立した。勇治が手紙で『独逸の』と書いているのは、オーストリアが神聖ローマ帝国（ドイツ帝国）の中心であり、第一次世界大戦以降も1919年に至るまでドイツ＝オーストリア共和国と呼ばれていたことの名残りと、シェーンベルグの著書がドイツ語で書かれているためだと思われる。

5

三月十六日の日曜日、金子は作曲家の中山晋平《なかやましんぺい》（注1）を訪ねた。

誰かに自分の歌を聴いて欲しいと、前々から思っていた。初めは藤原義江か山田耕作と思ったが、藤原義江は連絡先が分からなかった。山田耕作の連絡先を調べようと思った矢先に、『主婦之友』三月号と四月号に連載された記事を読んだ。

『山田耕作氏と受難の永井郁子《ながいいくこ》女史』と題されたその記事は、山田耕作の女性関係、主として山田と妻の声楽家永井郁子と愛人の女優河合磯代《かわいいそよ》との三角関係を暴露した記事だった。山田は妻に愛人との同居を迫り、郁子は堪えかねて離婚し、子供を抱えてひとりで日本の歌を歌う運動を起こし、孤立無援で闘っている、といった内容だった。

芸術家とは、真の美を追求する純粋で穢《けが》れの無い人たち、と信じていた純真な乙女は幻滅を感じた。こんな人には教えて欲しくないと思った。

そして今、約束の午後三時丁度に中野《なかの》の中山の家の門の前に立ち、緊張しながら呼び鈴を押した。女中さんに応接間に通されると、すぐに本人が現れた。きちんと背広を着ていて、金子を見るとにっこりと微笑んだ。その温和な笑顔に金子の緊張はほぐれた。自己紹介と訪問の目的を話すと、「では歌ってみなさい」と促した。

金子はピアノで音程を取って、中山晋平の「雨降りお月さん」と「カチューシャの唄」、そして歌劇「蝶々夫人」から「ある晴れた日に」を歌った。

黙って聴いていた中山は拍手をすると、「声の質もいいし、声量もあって良く響くね。あとは表現力などをもっと勉強すれば、きっと将来相当な歌手になれるよ」と言った。

金子は夢のような褒め言葉が信じられなかった。思わず聞き返した。

「勿論真剣に勉強しますけど、それでは本当に先生は、私が声楽の道を進んでもいいと……、将来成功するとお思いですか？　私に見込みはありますか？」

中山は大きく頷いた。

「十分に見込みはあります」

「本当ですか？」

「ええ。それから勉強にあたっては、アクセントに気を付けなさい。歌を表現する上では、アクセントはとても大切だよ」

金子は自分の訛《なま》り、三河弁のことを言ってるのだと察した。

「分かりました。標準語を話すよう勉強します。それからピアノは勉強した方が良いでしょうか？」

「ピアノは基礎から正式に学んだ方がいいでしょう。でもピアニストになるわけではないのだから、歌の練習をするときに、自分で伴奏出来る程度で十分だよ。素質は十分にある。ただ競争も激しいからね、兎に角一生懸命勉強すること。それしかないね」

「有難うございます、先生。頑張ります」

礼を述べて辞去しようとする金子を中山は玄関先まで見送った。

「兎に角死に物狂いでやりなさい。石にかじりついてでもね」

「はい！　有難うございました」

金子は深々とお辞儀をした。

夕闇迫る中、金子は最初は夢見心地で、そして、浮かれてはいけない、これから死に物狂いでがんばるのだ、と気を引き締めて、中野の駅まで歩いた。

電車の中でも今後のことを考えて、危うく乗り過ごすところだった。

このまま東京にいても勉強は出来ない。姉ももう元気になった。豊橋に帰ろう。姉の家では歌の練習をする時間もほとんど取れない。豊橋に帰ったら、親戚の白井の家のピアノを借りて、ピアノの練習もしよう。そうだ、一刻も早く豊橋に帰ろう！

金子はその夜の夜行列車に飛び乗った。家に着いたのは明け方の四時だった。すぐに机に向かって手紙を書いた。


今は、十七日の午前四時半です。帰豊いたしました。

貴方よりのお手紙、十五日東京で拝見しました。

十六日、中山晋平氏を訪問しました。……。

金子は中山晋平と会った様子を事細かに書いた。それから東京で勉強したいが、無理だと諦めている気持ちを述べた。

東京で勉強するには、義兄が理学の研究をしてゐますから、私の練習などとても出来ません。それかと言って、他へ下宿すれば如何にしても五、六十円は要ります。私の家では、妹達の教育費も要りますから、私へとしては二十円がせいぜいです。もう三十円づつでしたら、大丈夫東京で勉強出来ますのに。そのやうな理由、やはり物質的ですが――から、どうしてもこのまま田舎にゐなくてはなりません。

これからは自分の名誉は望みません。安価な名誉は。ただ真の芸術を創造したいと希《ねが》ふきりです。

ピアノを習ふこと。これも進歩が遅いかも知れません。ピアノが有りませんから。本により声楽を勉強すること。この二つより方法は有りません。実に残念です。

貴方とのお約束どほり立派に日本の楽壇に進出することさへ何時のことか、と前途遼遠《りょうえん》な感じがします。

勿論、努力、勉強は少しも苦しいとは感じません。むしろ楽しい幸福なことです。而しそれを思ふ儘に出来ないことは、全く苦痛です。悶々として其の夜、直ちに東京を発ちました。

ゆっくり気持ちをひろげて、真剣に勉強にかかろうと考へました。
出来るだけ進む。その言葉どほり実行する決心です。

×　×　×

自分のことばかり書いてしまいました。
ロンドンへ五十日も掛かりますのね。お船の一人旅！　何卒行く手、波静かに、と今から
ひたすらお祈りしますわ。
写真、差上げませう。而し来月までお待ち下さいませ。貴方のも早くね。
貴方の私に対する期待。余りに大きすぎて私には重荷です。励まして下さいませ。自分が
何か頼りになる大きな力を切に求めてゐます。何よりも貴方からのお手紙が、私の力です。
信仰です。ただすがり、信じ、つき進む、絶対の大いなる力です。
お願ひします。貴方の洋行された後の事を考へると灯を失ふやうに感じられます。
私に力を与へて下さいまし。刻々の変化は時の流れに添うて如何ともし難いことです。た
だ貴方のお心を信じます。
御手紙、本名のイングリッシュでおねがいします。大丈夫です。私は私の友人として貴方
を崇拝してゐます。公明正大に何卒、何時でも下さいまし。
御返事、勉強のおひまにでも、簡単で結構ですから絶えず下さいまし。ご健康を祈りつつ。

内山金子

音楽会のプログラムを同封して、その朝投函した。

返事は四日後に来た。十九日の日付だった。封筒の裏にはイングリッシュで『From Fukushima Ken Kawamata-Machi Yuji Koseki 1930 March 19th』と書いてあった。その慣れた筆記体に金子は感心した。私などと違って、いつも外国とやり取りをしているだけあって、英語が上手なのは当然だと金子は思った。

中山晋平氏にお会ひになったとの事、我が事の様に嬉しく思ひました。そして中山氏の言葉「十分成功する」

どんなに喜んだ事でせう。私の喜び顔を見て下さい。想像して下さい。

私に充分の資力があったら、貴女に充分勉強さして上げたい。是非そうして上げたいです。残念です。

東京でなんぞ勉強せず、是非外国へお出で下さい。お待ちして居ります。

私はロンドンに一、二ヶ月居て、来春早々巴里《パリ》に移る予定になりました。(昨日、英より手紙が入りました。)そして巴里の「国際作曲家協会コンセルバトアル」で勉強致します。

作曲の先生は、現代音楽の鬼才、ストラヴィンスキー氏が教鞭を取って居られます。器楽、声楽のコンセルバトアルもありますから是非来て下さい。学費その他の事、一切お考へにならなくていいです。

私の初めて知り得た芸術の友、内山さんを私の力で、私の「朋友に対する信」で、親友として、世界楽壇の尖端を行く偉大な声楽家としたいです。私は貴女に最大の期待を掛けて居ります。

地方にいて、一人で勉強なさる貴女の淋しい姿を想像して、何とかして上げたいと心一杯です。独学はつらいです。

私も独学で築き上げて来たのです。音楽上独学の絶対出来得ない「和声学」及び「対位法」を独りで研究して来たのです。それも器楽に全然よらずして。何となさけないでせう。楽器なしで和声学を勉強したんです。丁度美術家が、カンバスも油絵具も何もなくて本で勉強するのと同じ様なものです。独学はつらいです。

しかし、熱！　熱を以って勉強なさい。「石にかぢりついても」

天は自ら助くるものを助く。神はきっと貴女に、いつかその報ひを、その熱に対する収穫を与へるでせう。

私をお信じ下さい。きっと巴里にお呼びしますから。

『主婦之友』に連載された山田耕作の記事を読まれましたか？

氏の内面を知った時、私は極度に憤慨しました。日本随一の偉大な作曲家と崇拝してた山田耕作。今は彼を信ずる事が出来なくなりました。

自分は芸術に於て、山田耕作氏以上にならう。否、断然、山田耕作を抜かうと思ってます。

私はあくまで公明正大に進みます。信じて下さい。

あまり変な事を書いてしまって、お礼を申し上げるのを忘れてしまった。

音楽会のプログラム、本当にありがたう御座いました。千草音楽会の発展を望みます。

貴女とお約束の写真、お送り致します。本当に見苦く写って恥しいです。この田舎者の姿をお笑ひ下さい。

何卒友として永久にお忘れなく永《とこし》へにこのつまらぬ写真をお持ち下さい。貴女のお写真、一日も早くお送り下さい。待ってます。本当に。

楽譜、二、三日中にお送りします。皆つまらぬものばかりですが。百人一首、百曲出来上がりましたらお送りします。

もう彼岸ですね。この北国の田舎町にも春は訪れやうとして居ります。青々とした若芽も萌えてきました。

もうすぐ春です。何となく気も進みます。この春の気持ちで二人は進みませう。

貴女よりのお手紙とお写真を待ちつつ筆を止めます。

古関勇治

親友　内山金子様

写真は二枚入っていた。一枚は背広姿、もう一枚は着物姿だった。どちらも真面目くさった顔で、にこりともせずにカメラを見詰めている。金子は早速返事を書いた。

お手紙とお写真いただきました。ほんとうに有難うございました。未だお若く見えますこと！　十七、八に見えますね。非常に落ち着いてゐらっしゃるやうで、機智に富んだユーモアを飛ばしそうな……。

全く一読肩の凝る和声学など、独学でおやり遊ばしたとのこと。どんなに困難な事でしたでせう。

それを考へると私など年も若い故でもありませうけれど、まだまだ凡《あら》ゆる方面に浅学ですから、尚一生懸命して、貴方のお年になるまでに（三年ありますから）少しでも貴方の半分位になりたい、と考へてゐます。

山田耕作氏の話。実は私の姉が貴方と同じ意見でした。私もあれを読みまして、芸術家といふもの全体が、社会から道徳方面より蔑視されはしまいか、と考へさせられました。而し真の芸術家は矢張り行動も立派でなければ完全とは云はれませんね。全く同感です。

楽譜お送り下さいますよし、有難うございます。而し百人一首全部など不可《いけ》ません。貴方のお好きなの、二、三で結構でございます。ほんとうに、今はまだ歌ひこなせないものが三十位あるのです。十分に、とても、満足できるやうに唄へません。勿論、貴方が御送り下さいましたら、直にそれに取りかかるつもりです。

こちらへ帰って来ました二日ばかりは、妹に囲まれて早速勉強のお相手やら何や彼やで私の勉強は三時間位しか出来ませんでした。而し今日はやっとひまを見付けまして、只今から当市の音楽同好会長本間《ほんま》博士を訪問の予定です。レコード吹込みの申込みが出来るのです。貴方の「君はるか」にしやうと決め込んでゐます。ただ大勢の申込みの人の中ですから、私など駄目かも知れません。コロムビアの東京の吹込所ですするのだそうです。

而しコロムビアから新立したパルロフォンとポリドール両方なのです。今迠パルロフォンでは声楽は日本人としてはテナーの阿部幸次《あべこうじ》（注2）、宝塚歌劇の高峰妙子《たかみねたえこ》（注3）だけです。ポリドールの方では、日本人の作曲を外国で吹込んだものもかなりあります。而しソプラノは日本人はありません。それですから、今度も和楽の方ばかりらしく、私など駄目と思ひます。当市代理店では紹介する、と云ってくれますが。

来月に全部お知らせ出来ると思ってゐます。

写真！　今日撮りませう。悪くてもよくてもお送りしませう。

これから出掛ける本間氏のところへは、白井氏（親戚）と一緒です。白井氏は副会長です。ピアノは両家にありますから、これから少しづつ見ていただくつもりです。両氏に貴方の事もお話ししておきませう。ですから御来豊の節には亦御紹介しませう。この田舎の町にでも、可なり音楽に理解ある人が住んでゐます。是非お出で下さいまし。音楽同好会より招聘した方々の中に、山田耕作、関鑑子などあります。

今度いらっしゃるにも、貴方さへ良ければ、何かお話ししていただくといいのですけれど。而し、無理を申して御迷惑だと不可ないとも思ひます。ほんとうに、そんなに騒がれるのがお厭でしたら、静《しずか》に私共だけでお話しするのも結構ですから、是非お寄り下さいまし。ごゆっくりでよかったら、私の宅へでもお泊り下さいまし。日本一位汚いところで、自慢にもなりませんが。ほんとうにお待ちしてゐます。

一九三〇・三・二一　朝　金子

（注1）中山晋平（なかやま　しんぺい）　1887―1952
作曲家。長野県出身。東京音楽学校ピアノ科を1912年卒業。浅草の千束小学校の音楽教員を務める傍ら作曲をする。島村抱月と松井須磨子が旗揚げした劇団「芸術座」に参加し、「復活」の劇中歌「カチューシャの唄」が大ヒット。一躍名を揚げる。1928年から日本ビクターの専属作曲家となり、数々のヒット曲を生み出した。日本音楽著作権協会の理事長、会長を歴任した。代表作「シャボン玉」「てるてる坊主」「あめふり」「雨降りお月さん」などの童謡。「カチューシャの唄」「ゴンドラの唄」「波浮の港」「東京行進曲」などの流行歌。

（注2）阿部幸次（あべ　こうじ）　1908―？
テノール歌手。昭和初期に活躍。戦後は東京藝術大学教授を務めた。

（注3）高峰妙子（たかみね　たえこ）　1900―1980
舞踊家。声楽家。宝塚歌劇の最初の主演男役スター。

まるく明滅してゐます。

妙な人　なつかしい気のする夜です。

貴方の封筒に赤い音譜が飛んでるでせう。

それね。私も大好きで、丁度同じクリーム色の

箱があって（その底に貴方の手紙が入れてあります）

その箱には偶然か高音部記号がついてゐますし

樂譜もついてゐますが（赤い音符だ）クリームの方へ

私ももう先に赤いインキで真紅のパートと、楽譜を飛ばしておきました。それがとても同じ色調ですし

同じ感じ。不思議になりました。二人ともよく似た趣味を持ってるものだと。――

♥ 金子

いつも飛ばしませうか。ほら！

左様なら。

♪こせきさまに♪

第三楽章

allegro dolce

アレグロ ドルチェ

速く 甘く

1

パリのセーヌ川のほとりを散歩していると、この世のものとは思えないような、まるで天使のような歌声が聴こえた。

自分の作った曲。「君はるか」だ。歌声はすぐ後ろで聴こえる。振り返らなくても分かっている。内山金子さんがそこにいるのだ。

「金子さん！」勇治は振り返った。

しかしそこにいたのは山田耕作だった。彼はニヤッと意味ありげな笑いを浮かべると「内山さんはスカラ座に出ているよ。彼女は世界のプリマドンナだ。君なんかに会っている暇はない」と捨て台詞を残して立ち去って行く。

そうだ、彼女はスカラ座で『蝶々夫人』に出ているのだ。終わったら会うことになっている。日本ではついに会えなかった。

待てよ、スカラ座はミラノだ。ここはパリ。ミラノに行かねば。勇治は急いで列車に飛び乗る。

スカラ座の前、雪の中で勇治は待っていた。出てくる観客が口々に喋っている。「素晴らしかったね」「本当にいい声ね」「あの人は山田耕作の愛人ですって」

嘘だ！　嘘だ！　彼女は僕の恋人だ！

勇治は目を覚ました。汗をびっしょりとかいている。夢か！

勇治は枕元の体温計を腋の下に挟んだ。大分熱は下がったようだが、まだ何となく熱っぽい。毎晩の睡眠不足と疲労が溜まったせいか、三日ほど前から風邪を引き寝込んでいた。今見た夢を思い返す。金子さんが出てきた。いや顔は見えなかった。違う、居ると思ったのに居なかったのだ。なんで山田耕作が出て来たのだろう。多分、この間読んだ『主婦之友』の記事のせいだろうか。夢の記憶は段々と薄れて行く。頭を絞って思い起こす。僕と金子さんが一緒にパリにいる。そんな夢だった。

勇治は最近、金子の事ばかり考えていた。

実際に声も聴いたことがないのに、この人はきっと素晴しい声の持主に違いないと思ったのは、相手を理想化したほとんど思い込みであったが、実はそれが中山晋平の言葉によって本当だったと分かった。中山晋平が「見込みがある」とはっきり言い切ったのだから、彼女の声は素晴しいに違いない。自分の想像通りだ。それに彼女には熱がある。

熱！　勇治は体温計を取り出した。三十七度八分。普段の平熱が三十五度台と低い勇治にとっては、とても高い熱である。

そんな素晴しい人と巡り会った、いやまだ『会って』いない、『知り合った』だ。これも何かの運命だろう。何とかして彼女を一緒に連れて留学したい。ひとりで勉強しても意味が無い。

ふたりで勉強してこそ、互いに励ましあって、協力して、切磋琢磨《せっさたくま》して、世界の音楽会の頂点を極める事が出来るのだ。

勇治の想像は、夢は、思い込みは、やがて確信へと変わって行った。

彼女なしでは勉強出来ない。ひとりでは勉強出来ない。ひとりで留学なんか出来ない……。

いや違う。たとえどんなに離れていても彼女の支えがあれば頑張れる。ロンドンで、パリで、頑張って勉強して、作曲して、楽譜を出版して、レコードを出して、必ず金子さんを呼び寄せるのだ。

勇治は再び「五台のピアノの為の協奏曲」に取り組んでいた。何度も見直すにつれ、そして金子への想いが募るにつれ、前に書いた譜が気に入らなくなってきたのだ。自分で満足出来ない曲をロンドンに送るわけにはいかない。完全に満足出来るまで、何度でも書き直すのは厭わない。

そして半分以上を書き直した。今は第三楽章を書き直したところだ。これから第四楽章に入る。しかし、冒頭で躓いている。どうも出だしが気に入らないのだ。気分転換が必要だ。

勇治はまた金子のことを考えていた。そんな自分に気付くとまた、怠けるな、と自分を罵りたくなる。そしてまた、いや違うと弁護する自分がいる。

恋愛は、純粋な恋愛は偉大な芸術を生み出す。シューマンだって、ショパンだって、シューベルトだって、リストだって、ベートーヴェンだって、皆恋をし、苦しみ、偉大な芸術を残している。芸術と恋愛は共存出来る。いやそれ以上に恋愛は芸術を更なる高みに引き上げる力を生み出す。自分だって、金子さんのために歌を書こうと張り切ったではないか……。

作曲しよう。数日前から堯空和尚の詩『木賊刈り』の作曲を始めていた。金子さんが歌うことを想定して、ソプラノの音程にした。最高音はA（ラ）。ソプラノ歌手なら無理なく出せる高さだ。古典的な雰囲気を出すために知恵を絞っていたが、長唄風の節回しと雅楽の五拍子を取り入れるアイディアを思い付くと、一気にはかどった。

堯空和尚に謹呈するために、福島市の日野《ひの》楽器店に注文して作らせている『古関裕而創作用五線紙』と名が入った五線紙に清書し、『1930.3.22　川俣にて　Yuji Koseki』とサインを入れた。金子さんに送る分も清書しなければ、と思いながらも、どっと疲れが出て勇治は横になった。

また勇治は夢を見ていた。

その夢の中でふたりは結ばれていた。

金子が手紙を出してから一週間が過ぎていた。毎日郵便受けを見に行くが勇治からの手紙は来ていなかった。

こんなに長い間手紙が来なかったことはなかった。毎日勇治の写真を見ながら金子は気を揉んだ。一体どうしたのだろう？　何か自分が書いたことが気に障ったのだろうか？　何も気を悪くするようなことは書いていないはずだ。そうでないとすると、どこかへ出掛けているのか？　いや、それならそう手紙を寄こすはずだ。残るは病気しか考えられない。きっと体を壊したのだろう。きっと勉強のし過ぎで、体を酷使してしまったのだ。

手紙の来ない日が重なるにつれ、金子の心は痛み、寂しくなり、悲しくなっていった。

そんなときに、金子を訪ねて来た人がいた。かねてから金子の母と懇意な村田《むらた》さんだった。母に会いに来たのかと思ったら、意外にも金子に折り入って相談があるという。

話を聞いた金子は乗り気になったが、即答は避けた。何を差し置いても、勇治に相談したいと思った。今の金子にとって、信頼出来る相談相手は勇治しかいなかった。

勇治様
昨日も、一昨日も、その前も、毎日貴方の御便り待ってゐました。そして今日も今も待ってゐるのです。
私は泣けそうです。一体貴方は如何なすったのでせう。東京へゐらしたのかしら。それとも身体を痛めたとか仰言《おっしゃ》ったから、御病気にでもお成りになったのかしら、と毎日私は考へてゐます。ね、ほんとうに如何なすったの？　こう書いてゐても泪が出さうです。何かわたしの差上げた手紙に気に入らないところが有ったんですの？
それだったら御免なさい。お写真、私ほんとうに気に入りましたの。離すのは湯に入る時きりです。何時も眺めてます。夜の勉強にも、眠くなると貴方の御写真を見なほしては亦やります。貴方から三日返事が遅れたから……とこんな気持ちがするなら、貴方が外国へいらしたら私はどんな気になるでせう。今考へても耐えられません。何卒こちらにいらっしゃる間だけでもお手紙下さい。

でも考へてみれば、私は貴方にまだ写真さへ差上げてないのですものね。ほんとうに馬鹿だと思ひます。来月の四日に出来るのです。直に、悪くても良くても、もっと明瞭に説明を付けて差上げます。でも変だったら貴方は気に入りません？　一寸不安な気がします。美人ぢゃ有りませんから……。

まん丸い顔で、瞳もまん丸で大きいの。それから唇が小さくて薄い。歌を歌ふ時は大きくなりますよ。特徴はそれだけ。笑ふとえくぼが出来る。顎はちょっと張っていて、眉と目はそんなに離れてゐない。けれど問題は瞳なのです。真面目になると、とても恐いやうに光ってじっとしてゐます。笑ふとまぶたがふくらんで、とてもとてもやさしくなるなど、他人が言ひます。

何しろ写真を御覧になれば解りますが、非常な不美人と思ってゐて下されば間違ひないと思ひます。

次に私の一身上に大きな変化がやって来そうです。今日かねてから懇意な名古屋市の健康第一会の主幹の村田さんが見えまして（健康第一会は政府から補助されてゐまして、一般の女工の健康のため、諸大工場を講演して歩いたり、種々のニュースのやうなものを発行するのです）是非私に来てくれないか、との事です。発行するものの編集をするのです。学校の成績も調べたらしく、私の作文点が一〇なので、といふことです。

勿論音楽のことも知ってゐますので、その勉強方々来てくれと仰言るのです。健康第一会は、音楽、舞踊などの部がありまして、その講師として、ピアニスト小股《おまたひさし》久先生がおられます。（音楽年鑑にも載ってゐる）ハーモニカに加藤清之助《かとうせいのすけ》氏がおられます。全国で五本の指にかぞへられるといふ方だそうです。ピアノは小股先生について習はして下さるとのこと。それは週一回なので、其の他の練習は中京女学校のピアノで……。事務は編集と村田氏の講演の際に共に行き、時々は小股先生等と音楽会をする、といふことです。場所は鶴舞《つるま》公園の傍です。

兎に角豊橋に何時までゐても仕様が有りませんから、思ひ切って一本立しやうか、と思ひます。さうすればピアノも進むし、文学の方も少々は出来るかと思ひます。然《しか》し音楽の理論の勉強も怠らないつもりです。貴方がパリへ呼んで下さるまでに、検定をとりたい、などと考へてゐます。忙しい家ですから、勉強が出来るか一寸心配ですが、必ずやっていこうと思ってゐます。歌が歌へないと困ると申上げたところ、十二のお嬢さんが、先達て放送なさったとのことで、何時でも歌っていいそうです。家ではお前の好きなやうに、といふのです。

ピアノは帰ると同時に先生につきました。折角習ひ始めたのですが、名古屋の小股先生ならば、上野音楽学校（注1）始まって以来の天才的ピアニストと云はれてゐらっしゃる方ですから、先生について居れば間違ひないと思ひます。村田氏のお宅のすぐ近くですから大変好都合です。

小股先生は二十六歳ですけれど奥さんがお有りですから、私としては心配有りません。けれど不安なのは貴方に忘れられる、といふことです。私は一時も勉強を怠りません。勿論将来を期してゐるからでございます。ほんとうに死に物狂ひで進むのです。何卒導いて下さいませ。お願ひいたします。

レコードの吹込みは、今出している「豊川《とよかわ》音頭《おんど》」の売行き如何により決定するのだそうです。どうか沢山売れますやうに、と思ってゐます。

三十日、名古屋へ一度行きます。来月からは名古屋のつもりですけれど一寸様子を見て来なければ判りません。

貴方のお返事は豊橋へ下さいませ。送ってくれますから。

それから貴方の作曲、まだ無名の私になぞ下さるより、東京で出版なすったら如何ですか。けれど「君はるか」は私に歌はせて下さいまし。それだけはお願ひ致します。

× × ×

此の頃は、夜眠れなくて困ります。夢を見ては目覚めます。何だか変わった夢ばかりなので心配です。貴方の身に何かお障りがあるのではないでせうか。

今は夜中です。明日の朝、貴方からの御手紙が来たらどんなに嬉しいでせう。あれやこれ、と考へ始めると限りが有りません。随分長くなったやうな気がします。貴方の御勉強の妨げになりはしないかと済まなく思ひます。何卒御身体を御健やかに十分御勉強なさって下さいまし。お祈りしてゐます。

三月二十八日深夜。

敬愛する古関勇治様

しかし翌朝も手紙は来ていなかった。勇治のことを案じながらも、金子は自分の身に転機が訪れて来たのを感じていた。名古屋に行く事はほぼ決めていた。これからは物事が良い方向に向かうだろうと思った。

三十日に名古屋に行き、村田の事務所兼自宅を訪ねた。表の通りに面した門の前には『健康第一会名古屋支社』という看板と『村田繁蔵《しげぞう》』という表札が掛かっている。門をくぐると正面に事務所があり、その横の植え込みを回った奥に自宅の玄関があった。事務所と自宅とは渡り廊下でつながっている。

金子の部屋は、渡り廊下を渡って階段を上がった二階のすぐ左手の六畳間だった。隣は娘さんの部屋だが、ちゃんとした壁で仕切られているので、勉強にも打ち込める環境だと金子は安心した。村田の奥さんも感じの良い人で、金子はすぐに好意を抱いた。村田と相談し、切りの良い明後日、四月一日から仕事を手伝うことに決めた。

これから愈々《いよいよ》親元を離れて独り立ちするのだ、これから自分で道を切り開いて行くのだ、という決意がみなぎり、身の引き締まる思いで帰り道を歩いた。鶴舞公園の桜が、金子の前途を祝福しているかのように咲き始めていた。

そうだ、この決意を早く勇治さんに知らせよう、と金子は思った。名古屋駅の売店で絵葉書を購入して、帰りの車中で簡単に一筆認《したた》めた。


勇治様。今名古屋からの帰りの車中で御座ゐます。四月一日より村田氏のお手伝ひをする事となりました。今私は期待と不安の只中に居ります。どうか御願ひです。私を励まし導ひて下さいまし。貴方からの御手紙が私の力となります。御手紙をお待ちしております。名古屋の住所は次の通りで御座ゐます。……。

（注1）上野音楽学校　東京音楽学校（現在の東京藝術大学。上野にある）のこと。

2

四月一日の朝、金子は前夜に身の回りの物を詰めたトランクをもう一度検《あらた》めた。すぐにでも出掛ける準備は出来ていたのだが、朝の郵便が来るのを待ちたかった。いくらなんでも、今日には手紙が来るだろうと思っていた。このまま出掛けてしまえば、手紙が来ても、それを母が名古屋に送ってくれるまで、手元に届くまでには、更に一日は要してしまう。

金子は時計と睨めっこした。昼頃までに村田さんの家に行く約束だ。もう十時。出掛けなければならない。あと五分、あと一分と引き延ばしたが郵便は来ない。仕方なくトランクを提げて金子は家を出た。

名古屋への車中、金子の心は沈んでいた。一体勇治さんはどうしてしまったのだろう。もう十日以上も手紙が来ない。私からの手紙を待っている、などと言いながら、ちっとも返事も寄こさない。きっと思ってもいないことを平気で書く嘘つきなんだ。

いや、そんなことはない。字からも文章からも、そして写真からだって、その人柄は分かる。勇治さんはそんな人ではない。やはりきっと勇治さんは何か私に対して怒っているのだ。私のことが嫌いになったのだろう……。金子は悲しくなってきた。

駄目よ駄目！　金子は自分を叱咤した。今日は私の新しい門出の日。くよくよなんかしないで、前を見ないと。

名古屋では、仕事をし、ピアノを習い、音楽の勉強をするのじゃない。もう大人として自立するのだから、ひとりで、勇治さんの支えなど無くても、目標をしっかりと定めて進むしかない。

名古屋の村田の家に着いたのはお昼過ぎだった。村田は金子の顔を見るなり、「お昼は食べたのかい?」と訊いた。

金子が首を横に振ると、「今、店屋物のきしめんを頼んだところなんだ。追加するから何がいい?」と更に訊くので、金子は「同じ物でいいです」と答えた。村田は渡り廊下への戸を開けると、奥に向かって、「内山さんが今着いたから、同じ物をもうひとつ追加して」と叫んだ。奥から「はーい」という奥さんの明るい声が返ってきた。

「じゃあ早速だけど、きしめんが来るまで、ちょっと仕事の説明をしようか」と村田は机の上から原稿の束を取り上げた。

初日は、村田の懇切丁寧な仕事の説明を、一生懸命メモを取りながら聞くだけで終わった。

翌日、村田は朝から外出し、金子はひとりで机に向かい、メモを見ながら原稿の整理に取り掛かった。集まっている原稿に一通り目を通し、誤字、脱字などがないか校正して、お茶を飲んで一休みしていると郵便が届いた。豊橋の家には、郵便などたまにほんの少し来るだけなので——最近は勇治からの手紙が殆どだ——届いた郵便物の多さに金子は驚いた。

会報に執筆を依頼している人からの原稿は、金子が開封して校正してよい、と言われていたので、ひとつひとつ郵便物を検めていると、見覚えのある字で宛名が書かれた封筒があった。母からだった。封を切ると中から更に小さな見慣れた封筒が入っていた。

勇治さんからだ！　金子は夢中で封を切った。

金子さん。お手紙有難う御座います。本当に嬉しく拝見しました。本当に御返事上げずに失礼しました。

貴女のお手紙、いつもいつも楽しみにして待って居ます。そして非常な歓喜で読んで居ります。

決して貴女の御手紙に気に入らない処があるのでぢゃありませんが、生来健康でない自分です。時々体をこわして居りますが、今度丈《だけ》はとても書けそうになくて、遅くなったのです。どうぞどうぞお許し下さい。

勉強もしなくてはならないし、それより以上、貴女にお手紙を書く時、自分の楽想は皆固まってこのレターの上に結晶するのです。

銀行で事務を執り、勉強をやり、作曲をやり、一寸の暇もないのです。

自分が不健康な時、貴女よりの御手紙を読む時、自分の体は……。申上ぐる迄もないと思ひます。私は今迄に経験した事のない、胸のどよめきを感じます（失礼な書き方をお許し下さい）。

私は決して貴女を忘れません。否、忘れやうとしても忘れる事が出来ないのです。例へ貴女が不美人だろうが何だろうが、そんな事は第二です。ただ貴女の、金子さんの気持ちに、その熱に、私は感じて居ります。

今の私は、一日も早く貴女にお会い致したいのです。それよりもお写真、早くお送り下さい。お待ち致して居ります。

自分で作った歌謡曲は出版するよりも、貴女に全部上げた方が、どれだけ自分として満足でせう。

出版して金を取った処で、自分としてすこしも嬉しく思ひません。貴女に差上げる事、それだけで満足なのです。私は嬉しいのです。二、三日中に楽譜お送り致します。

名古屋にお出での事。貴女として良いぢゃないかと考へます。よく御自分の未来の事、お考への上、御決定された方がいいと思ひます。私はどうでも反対は致しません。しかし中山晋平氏の言った「石にかぢりついても」。この言葉！ お忘れなく御勉強ある様。

私もこの頃は変な夢を見ます。本当に変な夢を。

「君はるか」、本当に貴女ははるかですね。もっともっと近い処にお出でになられたら、お会ひも出来様ものを。しかし、かへってそれが良いのかもしれません。

「君はるか」の譜、是非歌って下さい。

「君はるか」のぺーパーにて、貴女と私は親友になったのですからね。しかもその親友も今は、私は、ある言ふ可からざる気分にとらはれて居ます。只々私は貴女のお手紙をお待ち致して居るのみです。

何だか、金子さんを残しては外国へ行きたくない様な気持ちがします。貴女の手紙に依って私は貴女のすべてを知り得たと信じます。

金子さんを残して行きたくないのです。

あまり興奮して変な事を書いたか知れません。何卒悪しからず、幾重にもお許し下さい。どんなに体が悪くても貴女へのお手紙はきっと書く事を約束します。そして今迄お返事を上げなかった事をお許し下さい。

この失礼な手紙を書いた事をお許し下さい。

三月三十日　　古関勇治

私の親愛なる　内山金子様

追伸

名古屋に行く事が決定したら、お知らせ下さい。お写真お待ちして居りますから。

私の不健康、御心配しないで下さい。裕而より（裕而は私のペンネームです）

金子は嬉しくなって、大事に青い紙に包み更にハンカチにくるんで懐に仕舞っている勇治の写真を取り出しその写真にキスをした。病気だったのに私貴方を疑ってごめんなさいね、と写真に謝った。

そのとき村田が帰ってきた。金子は慌てて写真を仕舞い、仕事に精を出しているふりをした。その後の時間はじれったいほどノロノロと進んだ。金子は早く仕事を終えて自分の部屋で手紙を書きたかった。仕事をしなくては、と思っても、考えるのは勇治のことばかりだった。

夜、ようやくひとりになると金子は勇治の写真を暫く眺めて写真にキスをし、ペンを執った。


御手紙いただきました。お許し下さいませ。私は貴方を一時疑ひました。これで御返事がいただけなかったら、もうすっかりあきらめて、ただ自分ひとりの力を信じて進まうと心ひそかに決してゐました。けれどほんたうに嬉しくございます。貴方は矢張り信じられる人でした。こんな嬉しいことはございません。

余程御勉強遊ばす御様子、心配しないで、と仰言《おっしゃ》っても、せずにゐられませうか。心配でたまりません。興奮なさることがお毒ならば、私は何と申上げたら好いでせう。貴方のお心持ちよく判りました。お判りのことと存じますが、私の胸も一杯です。貴方がお弱ければ又一層貴方の事が思はれます。全く人間は容貌ではありません。誰からも愛され慕はれる人こそ美しい良い人にちがひありません。

私は貴方が好きです。私は大好きです。好きで好きでたまらないのです。何て云ったらいいか解らないほど大好きでたまりません。言っても言はなくても胸の中は同じに、いつも変らないのです。

私も熱情的です。一番初めにお便りいただいた時から。ほんとに文は人なりです。

何事にでも、生一本に何処までも進む性質です。そのくせ絶えず自分を客観的に眺めては悶える身を嘲笑したくなったりします。又、私は目的に対して勇気を持ってゐます。

而し、どれもこれも貴方のそれに比すれば、ただ情けないばかりです。私は貴方のやうな偉大な男性に接することは初めてです。素晴しい霊の、人間とは思はれない力が貴方にひそんでゐます。私ははっきりとそれを見ることが出来ます。私はどうか貴方のよりよい理解者であり、友でありたい。私にはまだまだその資格がありません。

古関さま。何卒貴方の手で私に友としての資格を与へて下さい。絶えず導いて下さい。

ロンドン。フランス。貴方がやがていらっしゃると思ふと名を聞いてもなつかしい。

私は何を書いたでせう。言ふべき半分も表せてゐない気がしますのに、もう二枚にもなりました。十一時十分過ぎです。まだ少し読書せねばなりません。今夜はこれで筆を止めませう。さやうなら
敬愛せる　古関勇治様

四月に入ると勇治はようやく元気になってきた。体調が悪い間も何とか作曲はしていたが、

金子への手紙はなかなか書けなかった。

寝ている間、考えることは金子のことと自分の将来のことだった。最初の予定では三月の末には上京するつもりだった。しかし、銀行での勇治の後釜が見付からず、三月末で退社することは出来なかった。

伯父は、何人か勇治の後輩や郡山の商業学校の卒業生を面接したが、中々いい人材がいない、と嘆いていた。優秀な人材は東京に行きたがり、悪くとも仙台や福島、郡山で働きたがる。川俣くんだりまで来る人間は縁故に頼る他は無さそうだった。

勇治は早く東京に出て、留学の準備に取り掛かりたかった。だから伯父には、遅くとも五月末には辞めたいので、それまでに後任を見付けて欲しいと頼んでいた。

後二ヶ月、その間勇治は作曲と勉強に没頭するつもりだった。

兎に角あの「五台のピアノ……」を完成させなければならない。もう五月末というチェスター社の締め切りには間に合わないだろうが、自分にとっての最大の作品になるこの曲を完成させるのが、何より重要な事だった。

四日の朝、久しぶりに銀行に行くと叔父の二郎が、「おう勇ちゃん。体は大丈夫か？」と声を掛けてきた。

「もう大丈夫です」

「そうか、病み上がりで申し訳ないがな、例のもの運んでくれるか？」

そうか、今日は金曜日だった。「いいですよ」と勇治は応え、自分の机の上を見た。予想通り金子からの手紙が置いてあった。その手紙を懐に仕舞うと、勇治は二郎から風呂敷包みを受け取った。いつもの通りずっしりと重い。時計を見ると、すぐにバスの出る時間だった。

「じゃあ行ってきます」

「ああ、気をつけてな」

勇治は銀行のすぐ斜め前のバスの操車所に向かった。すでに福島行のバスが止まっていた。ここから始発なのでいつも座って行ける。すでに数人が乗り込んでいたが、勇治がいつも座る最後尾の席は空いていた。

勇治はほっとして座席に腰を下ろすと、風呂敷包みを自分と窓の間に置いた。間違っても誰かに持ち逃げされるようなことがあってはならない。何しろ中には少なくとも十万円以上の大金が入っているのだ。いつもより重いから二十万円近く入っているかも知れない。先月は年度末でもあったから、普段より多いお金が銀行に入ったのだろう。

現金を月に二、三度、金曜日に福島の安田《やすだ》銀行に運ぶ仕事は勇治に任されていた。若造でも頭取の茂平と出納責任者の二郎の甥だから信用されているのだ。盗まれたり、失くしたりしないように気を遣うが、それを除けば楽な仕事だった。いつもは約一時間のバスの道中、曲想を練って過ごすが、今日は席に座るなり懐から金子からの手紙を取り出して読んだ。熱でフラフラしながら書いた変な手紙を、金子がどう受け取ったか心配だった。

読み進むうちに勇治の手は震え、胸の動悸が激しくなった。

私は貴方が好きです。私は大好きです。好きで好きでたまらないのです。何て云ったらいいか解らないほど大好きでたまりません。

金子さんが自分の事を好いてくれている！ これは単なる友人以上に自分の事を思ってくれている、ということだ。嬉しさのあまり勇治はその場で踊り出したいような気分だった。自然に笑みがこぼれてくる。自分もはっきりと今の気持ちを伝えたい。それを考えるとまた胸がドキドキしてきた。照れ屋で恥ずかしがりやの勇治にとって、それはとても勇気のいることだった。面と向かっては、とても言えない。きっと緊張のあまり、どもってしまって言い出せないだろう。でも手紙なら、何とかなる……。

勇治はなんと返事を書いたらよいか、その後のバスの中で、そして福島からの帰りのバスの中でも、考え続けていた。

あんな失礼な手紙を書きまして、お気にさわったかと思ってましたが、嬉しいお手紙下さいまして、本当に本当に、私の苦しみがすっかり治った様です。

貴女に疑はれて、自分は本当に馬鹿だった。なんでお手紙を上げなかったんだろう。後から悔いて悔いて居ります。

何卒何卒お許し下さい。貴女に疑はれても仕方がありません。皆自分が悪かった。お許し下さい。

先達て申上げた楽譜、今筆写中ですから出来次第お送り致します。非常に乱雑ですから、読みにくい処は御免下さいね。

貴女は私の最も親しい友達です。否友達以上のものです。今さら「友達にしてくれ」などと言はないで下さい。もう前から親友ぢゃありませんか。

重苦しいこの東北の空の下には、一人の良き私の理解者も、一人の良き後援者もありません。

只、金子さん！　貴女一人だけです。

文通に依って友となった貴女が、これ程迄に私を慕って下さいまして、本当に私は何とお礼申し上げてよいやら解りません。

幾百の友人を持つよりも、ただ一人の最も良き自己の理解者を持つ事が、どれ丈良いか、今さら申す迄もないと思ひます。

最初、私は公明正大に友として交際すると申しましたが、その自分が、今……、現在、貴女を友以上の人と考へる様になりました。

未だ一度も面接しない自分ですが、貴女のお手紙を、前から読んで居りますと、もう、自分は、友として、越へてはならない或る垣根を越へて居るのです。友としてではなく、友以上のもの……。

もうあまり興奮して来まして、書く事が出来ません。お許し下さい。今六時の夕方のサイレンが聞こえます。

「勇治さん、晩御飯ですよ」突然の階下からのキクの呼び声に、勇治は筆を止めた。書いているうちに興奮してしまった気持ちを静めるのに丁度良い中断だった。

夜、久しぶりに部屋の蓄音器で、最も好きなリムスキー＝コルサコフの「シェヘラザード」を聴いた。

こんな交響曲を書きたい、と思ったのはいつだっただろう。確か商業学校に入った頃だ。見よう見真似ならぬ聴き真似で幾つか交響曲を書いた。中でも去年、いや一昨年の秋に、関東大震災に触発されて作曲した交響詩「大地の反逆」は自分でもかなりの出来だと思っている。しかしあれは謂わば短編小説。「五台のピアノ……」は今迄の努力の集大成になる曲だ。第四楽章の冒頭を仕上げると、一気に筆は進んだが、今又フィナーレへの入り口で暗礁に乗り上げたままだった。

気持ちを新たにしようと、勇治はシェーンベルクの『和声学』を辞書と首っ引きで読み始めた。

勉強に疲れて時計を見ると十二時十五分前だった。勇治は再びペンを執って、手紙の続きを書いた。

十二時十五分前、人の寝息のみが私の耳に聞こへて来ます。時計のセコンドを刻む響きが、今、自分の胸になやましく迫って来ます。

夕方、あまり興奮して失礼しました。

貴女が例へ、いかに顔立ちがみにくくとも（こんな失礼な事を申上げては済みませんが）私の貴女に対する気持ちは決して決して変りません。

また貴女がたとへお身体に傷でもあろうとも（金子さん、おこっちゃ駄目です。私は真面目なのです。私の気持ちをお考へ下さい）私の気持ちは永久に永久に、遠く離れても、永しへに変りません。

あまりに変な手紙になってしまって、貴女がもし憤慨されて、そして絶交（こんな事、有り得可きものではないと信じますが）をされると言はれましても、私は貴女を忘れる事が出来ません。

金子さん！　最も良き私の芸術の理解者となって下さい。私よりの最大のお願ひです。この貧弱な作曲家をお助け下さい。

私の歌謡曲は、貴女にのみ、お送り致します。私の友達で、歌を歌ふ人は居りませんし、歌の好きな友達もありません。

金子さん！　勉強して下さい。最も新しい歌曲に進んで下さい。一九三〇年の楽壇をアッと言はせて下さい。時代の尖端を行って下さい。ただそれ丈です。

今度、お職業に就かれたとの事、お祝ひ申上げます。お職業を持つ事は、自分の進む芸術の勉強には邪魔になるかもしれません。

しかし、一定の職業があれば、生活の安全が保障され、かへって職業の余暇に芸術の方面を勉強出来ます。

生活が不安定ならば、いかに芸術欲があっても、充分それを満たし得る事が出来ないと思ひます。

名古屋は、商業学校在学中に修学旅行で行きました。昭和二年でした。豊橋市は汽車で通っただけでした。その頃も金子さんは居らっしゃったんですね。その当時、今の事、夢だにもする事、出来ませんでした。本当に不思議な二人の運命ですね。生まれ落つる時から、この様な運命を持って居たんですね。

名古屋の鶴舞公園は行って見ました。いい処ですね。もう桜は咲きましたか？

昨日はこの川俣地方は、みぞれ雪でした。四月に降るのは珍しいです。

×　　×　　×

また熱が出てきたやうです。この貧弱な肉体が憎ひです。私が病で臥してゐる時、医者は絶対安静に、と言ひます。でも私はじっとしてゐられないのです。安静にしてゐても、音楽の女神が私を急き立てます。

私は精神力だけで、気力だけで頑張ってゐます。

私は自分の芸術に命をかけてゐます。時に気が狂いそうな思ひもします。本当に気が狂うのではないかと、思ふ時がしばしば有ります。でも例へさうなったとしても私は満足です。

私は自分の創作せる芸術に対し、最大の満足を感じて居ます。

いかに外部の人々が反対しやうが、自分の意志が音を通して表現する時、それで満足です。マキシマムの満足を得ます。

私は音楽、特に作曲は、主観的芸術と信じて居ります。自己の発表せんとする意志を通ずる音楽。それは作曲者以外の何人《なんびと》も訂正し得ないものと信じます。

音楽芸術は、創作者と発表者が確定的に別れて居ります。美術、文学等は、創作者が同時に発表者ですが、音楽は全然別です。

発表者即ち演奏家は、創作者即ち作曲家の創出せる音楽を、いかなる解釈を以て演出せんかとします。ここに於て、音楽芸術の完全は、創作家と演出家の百パーセントの理解溶解に依る外ないと思ひます。

私は最も完全なる芸術は、音楽芸術と信じます。

あまり固苦しい事を書いてしまいました。只、今一度申上げます。

時代の尖端を行く芸術家となって下さい。
私の最も愛する（こんな言葉を用ふるのをお許し下さい。この言葉以外に自分の胸中を表現する言葉は無いのです）
内山金子さん
私の事を信じて下さい。私の最も良き理解者となって下さい。
また作曲に取り掛からねばなりません。御返事と御写真、おまちしてます。
四月四日の夜中　　　古関勇治より
私の最も慕ふる　内山金子様

勇治はまた興奮していた。興奮のまま赤インキのペンでハートマークを書き入れた。胸が破れるかと思うほど、鼓動が大きく、その音は深夜の静謐の中で、外にも聞こえるのではないかと思うほど響き渡っていた。

3

名古屋での新たな生活は、金子にとって充実した日々となった。

会報の編集の傍ら、村田について色々な工場を回り、小股先生の歌唱指導を一緒に聞けるのも楽しかった。小股先生は厳しい先生であったが、金子はそれに応えようと、ピアノの練習にも励んだ。

最初の週は瞬く間に過ぎた。翌月曜日に勇治からの手紙が届いた。封筒の裏の差出人の名前は裕子となっていた。金子は可笑しくなって思わず微笑んだ。

それを見ていた村田が、何やら引き出しの奥をガサゴソと掻き回して封筒の束を取り出した。

「内山さん、手紙を書くならこの封筒を使っていいよ。もう使わない封筒だから、要らなければ捨ててもいいよ」

金子は封筒の裏を見た。『帝国文化協会支社』と印刷されている。

「以前はその名前で健康第一会をやっていたんだけど、もう健康第一会の方が通りが良くなったので、改称したんだよ。だからその封筒はもう不要なんだ」

「有難うございます。使わせて戴きます」

早く勇治の手紙を読みたかったが、仕事が終わるまではそんな暇はなかった。夜も仕事で村田と一緒に出掛け、帰ってきたのは十時過ぎだった。ようやく自分の部屋でひとりになると、金子は胸をときめかせながら手紙を読んだ。嬉しくて涙が出てきた。涙で目を滲ませながら、すぐに返事を書いた。


嬉しいのやら悲しいのやら、ただ泣けて泣けてしやうが有りませんでした。

貴方はそんなに私を愛してくださるのですもの。私は感謝で一杯です。私もどんなに貴方を愛してゐることでせう。朝夕御写真に祈りをささげてゐます。

現在の私はほんたうに幸福です。貴方の愛は私の全精神を支配してゐます。そして私は一生懸命勉強することが、それに対しての義務であり、私自身の一層の幸福の因だと……。ただただ勉強してゐます。村田主幹は私にとても良くして下さいます。そして皆は慕ってくれるし、私は毎日毎日感謝の日を送ってゐます。而しそれにも増して私の一番の喜びは「貴方に愛されること」なのでございます。

×　　×　　×

また熱が出てゐらっしゃいますとのこと。又身体が衰弱しますでせうか？　私はこんなに御手紙を差上げては不可ない。思ひ切って少し失礼した方がよかろうか、等考へましたが、やはり書かずにはゐられません。

貴方は私を、最も愛する金子と仰言って下さいました。

貴方こそ私の愛する方です。今まで幾度その文字を用ひやうと思ったか知れません。しかし私は恥ずかしかったのです。初恋です。最初の恋です。そして私の最後の恋にいたします。貴方をおいて私の恋人は無い……。私は、私の恋は、世界一強い恋です。私は貴方を一刻も忘れたことは有りません。夜中に夢見てそのまま眠られぬこともありました。この頃は三時にもう目覚めてしまひます。

そして貴方のお写真に語る時、涙が出たり、どうしやうもなく会ひたくなって胸が迫って来ます。

而し何も彼も時に任せませう。やがて喜ばしい現実がめぐって来るのかと思ふと、やはり生れた時からの因縁かと考へさせられます。

私は勉強します。私はほんたうに浅学でお恥ずかしい気がします。女には一般に音楽知識が少ないのでせうか？　当市にもやはり男の方、小股氏しか語れる人はありません。小股氏は厳格で熱のある方です。わたしは一生懸命、ほんたうに真剣にしてゐます。

貴方は生命をかけて栄冠を得られました。私も生命をかけるつもりです。

×　　×　　×

来月関屋敏子さんが当市にいらっしゃるそうです。貴方は関屋さんに歌を送ったことがあるのですよね。その時に歌って下さったらどんなに嬉しいでせう。先達て荻野さんを見た時、この方も古関さんを知ってゐらっしゃるのだと思ったら、何となくなつかしい気がしました。

貴方の曲はきっと楽界の驚嘆の的でせう。貴方のやうな方が気狂ひになるなんていふことは反《かえ》って無いでせう。神経が強くてゐらっしゃるのです。でもね、余り過ぎると破裂するかも知れません。何て解らないことを言ってゐるのでせう私は……。私の胸が今破れそうに高鳴ってゐます。ほんたうに目茶苦茶に乱れてゐます。

貴方がふきだすかも知れないと思ひます。少しもまとまってゐないのですもの。

× × ×

愛するそして恋しい、好きでたまらない貴方！

私は貴方を何て励ましてよいか判らなくなりました。私ただただ祈ってゐます。

貴方の健康を、夕べは九時！ 朝は六時！ 私は貴方を一心に思ひ祈ってゐます。私の心が貴方を取り巻いて固く抱擁するにちがひありません。貴方はその時眠って下さい。強く生きて下さい。貴い使命を与へられてゐる貴方です。どうぞ早く健やかになって下さいませ。貴方は私に返事を下さらなくてもいいのです。平熱にもどった時、どうぞ下さいませ。私は貴方の胸を乱れさせてはならないと思ひます。でも私もどうしていいかわかりません。御手紙を差上げずにはゐられないのですもの。

ああ、私は何だか切なくなりました。胸の中に火が燃えてるやうで、しづかに瞳を閉じても苦しい気がします。

一世紀に一つの恋！ 何処かでそんな言葉を聞いたやうな気がします。私たちの恋こそそれにちがひありません。これ以上に愛するといふことは出来ません。

ひたすら御健康をいのりつつ

私の生命　愛する愛する　古関勇治様

金子より

金子は手紙を封筒に入れて封をすると、勇治の写真を取り出してキスをして、「お休みなさい」と写真に語り掛けて床に就いた。

翌朝、他の郵便物と一緒に郵便局まで手紙を出しに行き、帰って来ると机の上に手紙が置いてあった。

「楽しそうな手紙だね」と村田が笑みを浮かべながら言った。

見ると封筒の表にも裏にも、赤ペンで四分音符やら八分音符やら十六分音符が踊っているようにちりばめて、描かれている。裏には封緘代わりにト音記号が、そしてYou are far awayと書いてある。そして今度は古関勇治としっかり名前が書いてあった。

金子は思わず顔が赤らむのを感じた。

「本当に……。可愛い手紙ですね。この方少女趣味みたいで……」自分でも言い訳にもならない変なことを言っていると思いながらも、急いで手紙を仕舞った。この日は仕事に忙しく、金子が手紙を読んだのは夜になってからだった。

いつもは何枚もの便箋が入っているのに、今日は一枚だけだった。そして便箋にも赤い音符やらハートマークが踊っていた。字もところどころ赤ペンで書いている。

第三楽章
アレグロ ドルチェ

今日はうららかな春です。

うららか、と、春、が赤い字だ。

四方の山々が、皆、嬉しそうな姿を、今、青い衣に着替へやうとしてます。
小鳥が　楽しい声で　コーラスを　唱ってますよ。

ここには小鳥のさえずりのような七連音符と三連音符などが書かれている。三連の八分音符とそれに続く付点八分音符と十六分音符は、その音の高低から、鶯の鳴き声だろうと金子は想像した。思わず笑みがこぼれる。

そよ風が　この美しいコーラスの伴奏をかなでて居ます。
もうすぐ春、春！
ほがらかな気分で、お互ひに進みませう。
では、また、その内に。

古関勇治より

内山金子様

最後にハートが書かれている。

この人ったら、もう元気になったのかしら……。封筒に書かれている日付は四月五日。金子が喜びながらも体調を心配した手紙の翌日に書かれている。こんなにも簡単に良くなるなら、心配して損をしたような気分になった。でも金子には勇治の気持ちが分かる気がした。金子に愛を告白して、すっかり胸のつかえが取れた気分なのだろう。金子も浮かれた気分になった。すぐに手紙を書いた。

可愛いくて楽しい御手紙有難うござゐます。まるで音楽を奏でるような御手紙で、私の耳にも小鳥のコーラスが聴へてまいりました。

こちらも春真っ盛りでござゐます。此処は高台なので、今、お二階の窓から公園の夜桜が電気と共に大変美しく見えてゐます。昨日は雑誌の発送に、今日は原稿編集に村田主幹と二人で大忙しでした。貴方からのお便りを懐に入れたまま、見たいし、ひまがなく、いらいらしました。明後日までは忙しく、以降は閑です。今夜は夜桜見物に行こうと云ってゐましたのに、今しがた、雨が降り出したやうですから、窓から見物ですの。

其の他、主幹が私に、一生この仕事を手伝ってくれないか、としきりに申しますので、返答に困ってゐます。居れる間居させていただきます、など笑ひにごまかしてゐます。

やってみるとこの仕事も中々面白くござゐます。色々な所に出掛けます。

ただ一昨日行った工場では、ちょっと嫌なこともありました。

小股先生の歌唱指導の前に、講演会をやっておりまして「社会で求められる女性の役割」と云うようなテーマでの講演で、どこぞのお偉い先生のお話で、私は終りの方しか聞きませんでしたが、これからの女性は良妻賢母だけでなく、お国や社会に奉公し、富国強兵のために女子として出来ることをしなければならない、とのやうなお話のやうでした。「このあと歌唱指導があるそうだが、歌は気分転換には有用だが、それが第一義になると、気分転換ばかりではひょこひょこ気分が変わって（ここで笑ひ）、生産性は上がらず役に立たない。歌舞音曲の類《たぐい》はほどほどに」などと酷いことを仰言って、小股先生と共に憤慨ゐたしました。

私が学んだ豊橋高女は、先進的な教育で知られてゐます。いち早く洋装の制服を制定し、姿勢を正し両手を自由に使えるよう、生徒にランドセルを持たせました。そうすれば自転車にも乗れます。女性が自転車に乗るとお転婆と云われましたが、高女では自転車通学を積極的に薦めました。お陰様で私も自転車で通学しましたのよ。

豊橋高女の教育方針は「良妻賢母」だけでなく「家庭婦人にとどまらぬ社会の人」「自ら世の進歩と共に歩む」です。

私が三年生のとき、学内で講演会がありまして、澤柳政太郎《さわやなぎまさたろう》博士という方が講演なさるゐました。この方は元々は文部省のお役人でしたが、自分の理想とする教育を実践するために成城学園《せいじょう》とゐふ学校を創立された方で、「所求第一義」と仰言ってゐました。子供ひとりひとりの個性を尊重し、育てて生かし、自分が求めることを第一に優先するとゐふことで、画一的な教育は国を亡ぼす、と仰言ってゐました。

高女の先生方も、澤柳先生の教育方針に賛同してゐるから講演を依頼したのだと思ひます。私、もし東京で家庭を持って子供が出来ましたら、成城学園に通わせたい、なんて思ひましたの。（注1）

そのやうな教育を受けましたから、オペラ歌手になって自立しようと志したのです。教育の力って大きいですね。でも貴方は、学校教育などとは関係なしに、ご自分で勉強なすって、音楽界の先端を走っておいでですから、それ以上ですね。

話がそれましたが、勿論良ひことも、楽しいことも沢山あります。昨夜は当地東洋モスリン工場へ参りました。

大きいこと大きいこと、中を歩いただけなのにつかれてしまひました。加藤清之助氏と弟子数名のハーモニカ演奏会でした。健康第一会より行ったのです。工場の方に、舞踊、音楽の先生が居りますが、石井漠《いしいばく》（注2）について勉強した方です。私とすっかり話が合ってしまひました。

而しこの方は、初めは少しづつ工場に来ていた（健康第一会より）のですが、月給が良いので工場に入ってしまったのだそうです。

×　×　×

此処は、皆さん好い方で大変親切にして下さいますので、本当に気楽です。

小さい坊ちゃんが来て、冷たい手をわざと私の手に乗せて面白がるのです。これには本当に閉口しました。而し無邪気なので何時も笑はせられ、邪魔でも追ふわけにもいかず好い加減にしてゐますの。

何時も話が余計になります。面白いことも何でも彼でも、誰も話す人が無いものですから。とうとう真っ暗になってうす明るい街の空に福助足袋の広告のイルミネーションが、赤や青にまるく明滅《めいめつ》してゐます。妙に人なつかしい気のする夜です。

貴方の封筒に赤い音符が飛んでるでせう。

それね、私も大好きで、丁度貴方の封筒と同じクリーム色と赤の箱があって（その中に貴方の手紙が入れてあります）その箱には偶然か、赤い部分に、高音部記号がついてゐますし、楽譜もついてゐますが、クリーム色の方へ、私も赤いインキで真紅のハートと楽譜を飛ばしておきました。それがとても同じ色調で同じ感じ。不思議になりました。二人ともよく似た趣向を持ってるものだと……。

いつも飛ばしませうか。ほら！

金子は赤ペンでハートと音符を便箋に飛ばした。

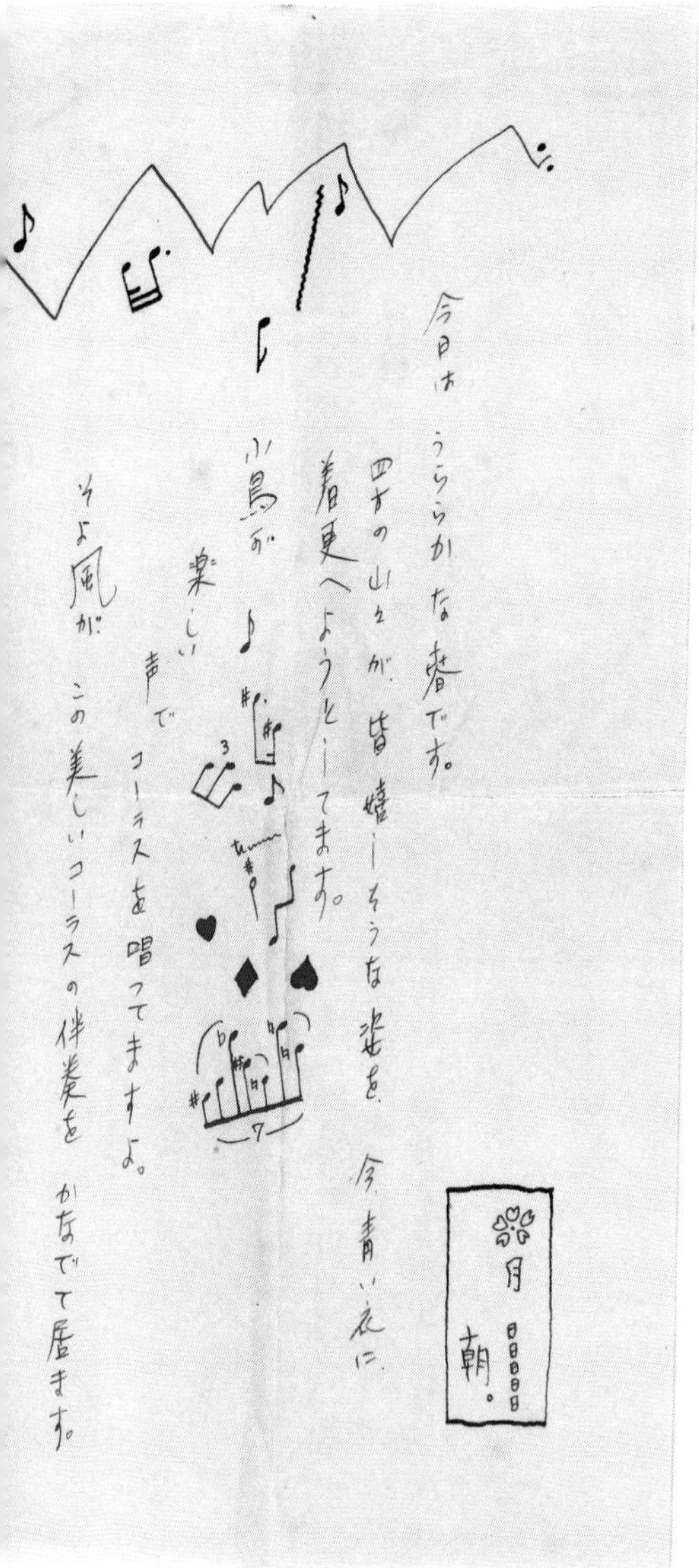
今日は うららかな春です。
四方の山々が 皆 嬉しそうな姿を 今 青い衣に
着更へようとしてます。
小鳥が♪
楽しい 声で コーラスを唱ってますよ。
そよ風が この美しいコーラスの伴奏を かなでて居ます。
月 朝。

（注1）実際に金子は、後に自分の子供三人を成城学園に通わせた。
（注2）石井漠（いしい　ばく）１８８６—１９６２
舞踊家。帝国劇場の歌劇部第一期生。帝劇歌劇や浅草オペラで活躍。大正時代にヨーロッパ、アメリカに渡り、現代舞踊を研究。１９２８年、東京の自由が丘に石井漠舞踊研究所を開設。我が国のモダンダンスの先駆者。「自由が丘」という地名の名付け親でもある。

4

その後二人は、互いに毎日のように、相手の返事を待たずに手紙を書いた。手紙が唯一の意思疎通の手段であったから、如何に相手を愛しているか、その時々の心境、何をしたか、何処へ行ったかなど、事細かに記すようになっていった。

金子は仕事中も、ピアノのレッスン中も勇治のことを思い、ぼーっとしていることが多くなった。

四月の半ば過ぎのある日、夜の十一時過ぎ、勉強を終えていつものように勇治の写真に、おやすみなさい、と言おうとした時、写真が無いのに気付いた。

紙に包みそれを更にハンカチにくるんで持ち歩いていたのに、ハンカチしかない。驚いてそこら中を引っ掻き回して捜したが無い。泣きそうになりながら、今日一日の行動を振り返った。お昼に写真を見たのだから、失くしたのはその後だ。夕方にピアノの練習に行って、楽器店に寄って楽譜を買い、歩いて帰ってきた。あとはお風呂に行った。そうだ、お風呂屋さんに忘れたに違いない。お風呂屋さんは十二時でお終いになる。

金子は慌てて飛び出した。暗い夜道を一町ばかり走って、閉まるぎりぎりに風呂屋に飛び込んだ。番台のおばさんに訊ねたが、何も忘れ物は無いという。念のために自分で使った脱衣籠のあたりを捜したが無い。

金子は悲しさと、何か不吉な事の前兆ではないか、何か勇治の身に悪いことが起きたのではないか、という不安に苛《さいな》まれながら、帰り道を歩いた。家に戻ると奥さんが、「金子さん、どうかしたの？」と訊いてきた。

「大事な写真を……、紙に包んであるんですけど、それを失くしてしまったんです」

金子はこぼれそうになる涙を堪えて説明した。

「あらそう……。でもきっと何処かにあるわよ。私も気を付けておくわね」と奥さんは金子を慰めた。

その晩金子は眠れずに過ごした。もう勇治さんの顔を見ることが出来ない。キスも出来ない。勇治さんに何と言ってお詫びしよう。私の写真は、明日届くことになっているけど、勇治さんは怒って、私の写真なんか受け取ってくれないかも知れない。それより勇治さんの身に何も起きてなければいいが……。

それともこれは、勇治さんが私のことを好きでなくなってきた印かも知れない。

金子の妄想はどんどん膨らむ。

勇治さんがパリで、自分のような太めではなく、ほっそりとしたスタイルの良い美人のパリ娘と結婚して、自分のことはすっかり忘れてしまうのではないか……。

そうしたらどうしよう？　一人で生きて行くよりない。そうだ村田主幹の勧めに従って、ここで一生働こうか……。

いやそれでは歌を諦めることになる。せめて一生に一度の恋をした勇治さんの言葉を信じて、世界の楽壇をアッと言わせるような、世界的なプリマドンナになって、私を振った勇治さんを見返してやるのだ。

でも、もし声楽家としてデビュー出来なかったら？　此処で働くしかないのか？　誰かと結婚するなどという選択肢は考えられなかった。勇治さん以外の人とは絶対に結婚しない。でも母をどうやって説得しよう？

どうなるにせよ、私の醜い写真など、送らない方がいいのではないか、勇治さんの想像の中の自分でいる方がいいのではないか？

悶々としながら悩んでいるうちに夜が明けた。

もう一度捜してみようと、本やノートの頁の間を一枚一枚丁寧に捜していると、「金子さーん」という奥さんの声と共に階段を上がってくる足音が聞こえた。

「はい」と襖を開けると、

「金子さんの捜していたの、これじゃございません？」と奥さんが青い包み紙を差し出した。

「そうです！　そうです！」嬉しくて涙が出そうになりながら、金子は一応中を検めた。

「よかったわねー。よほど大事なものなのね」と奥さんは写真を見たそうなそぶりをした。

「はい。大事なんです」金子は慌てて写真を包み直した。

「鏡台の前に置いてありましたのよ」

そう言えば、昨晩お風呂から帰ってきたときに鏡台を使わせてもらい、寝巻きに着替えたときに、勇治に会いたくなって写真を取り出したのだ。すっかり忘れていた。なんと馬鹿なんだろう……。

その夜、金子は写真を失くした騒動とあれこれ心配したことなどを手紙に書くと共に、出来上がって豊橋から送られてきた自分の写真を同封した。

写真の金子は勇治の想像どおり、いやそれ以上に美しく可愛かった。金子は自分の写真に注釈を付けていた。

醜いことは前以て申上げてありますが、写真では非常に老けて見えます。写真を送ってくれた姉は、髪の型がマダム型だと評しました。私も、姉か他の小母様のやうな気がします。ほんたうの方が若くて素直な感じださうです（これも姉の言葉です）。

一体に線がはっきりしてゐますのに、眉や瞳などあるかなきかに撮れてると思ひます。芸術的な写真ですが私の顔はほんたうに妙ですね。やぶにらみではありません。首を前へ出してるから、短く見えますし、うつむいてゐるので丸く見えますし。何しろとても私の感じと違ふといふのが定評でしたから、余程如何しやうかと思ったのですけれど、余り貴方が待って下さるので御送りすることに、やっと決心しました。又、私らしいのを御送りします。これは私の姉で、私はこの人の妹、位に思って下さったら丁度好いでせう。

御覧の通り私は貴方が恋しがって下さる程、綺麗な女でもありませんし、又、聡明でもございません。而し私は、貴方が愛して下さる幾倍、貴方を愛してることでせう。貴方があちらへいらしたら、忘れられはしまいか、享楽生活が待ってはゐまいかと不安な気が時々します。

私の勉強はさっぱりはかどりません。英語も独逸語も、只、根気よく続けていこうと思ってゐます。声楽もピアノがありませんし、家にゐる時より毎日の練習が出来ませんので困りました。

音楽理論は全然存じません。貴方から教へていただけたら、どんなに良からうなどと空想してゐますの。

声楽は先生の勧めで、これから、ハイネの詩でシューマンの曲「睡蓮《すいれん》の花」をやります。御存知でせうがシューマンがこれや「君は花のごと」「詩人の恋」等作曲したのは、愛人クララを得た喜びの中でしたわね。この頃シューマンは嬉しくて一日に二十七頁作曲したと云はれてゐるだけに、私もこの曲を最初の練習曲として学ぶのは大変嬉しいです。

私も貴方の愛人として価値あるべく、クララのやうに立派なピアニストに（声楽も）なりたいと思ひました。

勇治さま。私のスウィートハート。大分長く書いたやうな気がします。ではもうペンをおきませうか。も一度、貴方のお写真にキスしてね。
今夜も勉強に夢中であろう貴方を想ひつつ……。

金子

四・二二夜

待ちわびていた写真を受け取った勇治は、写真を横に置いて眺めつつ、すぐに返事を書いた。

長い間、今日は来るか、今日は来るか、と待ってた貴女の御写真、今朝、正に戴きました。本当に有難うございます。

私が想像してた貴女と、ほとんど同じ写真を見まして、自分の想像があたったのが嬉しいです。私の考へてた以上、貴女の御顔の美しさ。決して御世辞ではありません。私の真実の言葉です。私は嬉しくて嬉しくて堪えられません。

貴女の様な綺麗な（これは私の実感です。他の方が何と言っても私の実感です）お方を心から愛する事が出来、又貴女も私を愛して下さる。私は幸福です。幸福でたまりません。私は今迄、好きな女《ひと》はありませんでした。それなのに、今、金子さんの御写真を見ると、心から懐かしい恋しい感じにひたされます。私の求めてる女、貴女です。金子さん、貴女です。

貴女は私のものです。私丈のもの。絶対他人には貴女をやりません。私のこの赤く燃える胸の力で貴女を私の側から離しません。

御写真、本当に本当に、心から御礼申上げます。上衣の内ポケットに、パラフィン紙で包んでその上を絹のハンカチーフでくるんで、秘めておきました。絶対、他人には見せませんので御安心下さい。

御写真を見て、貴女への私の恋は、また一重赤く塗られました。今すぐにでも貴女の側へ行きたい。貴女を抱き締めたい。接吻をしたい……。今の私の真実の心持ちです。お気に障らぬ様。私の貴女に対する本当の気持ちです。貴女の為に、心も何もかも乱れます。

金子ちゃん！ 私はどうしてよいか解りません。いつまでも、いつまでも、永久に、私をお忘れなく。本当に本当に御写真ありがとう御座いました。

× × ×

私が貴女を忘れる。どうしてそんな気が起こりませうか。例へ貴女が私の写真をおなくしになっても、御心配しないで下さい。決して貴女を忘れる等、私は絶対にないんです。それにパリのマドモアゼルと結婚するなど、そんな考へはよして下さい。金子さんには私の真意がお解りには、ならないんでせうか。私は残念です。くやしい気も起こります。

あれ程心を込めたお手紙を上げたのに。貴女からも嬉しいお便りに接して居た丈に、よけいにそれ丈け残念です。貴女への私の心はけっして変りません。何卒、いやなお考へ等、起さない様、衷心からお願ひ致します。興奮して書き過ぎた処は幾重にもお許し下さい。

パリの青い目の女と結婚するなら、恋しい貴女と結婚した方が、どれだけ幸福でせうか。

シューマンの歌曲は好きです。私の好きな曲を貴女が最初に勉強し歌ふ。これも何かの縁ですね。

貴女がクララで私がシューマン。その様ですね。私の作品を貴女が発表して下さる。シューマンの様に発狂しないでせうか。大丈夫大丈夫です。クララの貴女が側に居るのですものね。

× × ×

六月ごろ上京します。上京したら、すぐに大阪に行きますので、その節かならず名古屋にお寄り致します。一週間位名古屋に泊まります。貴女とお話し致したいばかりに。その時、音楽理論を講義？　しませうか。シューマンが妻クララに理論を教へた如く。

× × ×

洋行すればかならず享楽の不自然な生活が私等の前に横たわってます。しかし私は決してそれには掛りません。一日も早く立派な作曲家として立って帰りたい。ただ貴女一人の為にです。待って居て下さい。私の錦を着て帰る日を。

その頃貴女は、お一人でおいでせうか。人妻として居らるるか？　こんな事は考へません。ただ私は貴女を愛することだけ、それだけです。

英国に行く日も、一日一日と接近しつつあります。坊主頭では行けませんから、髪を長くしました。近日中にお写真を送ります。顔が大分変って老けて見えます。

あまりに長ったらしく書いてしまひました。あきたでせう。今日はこの位にしませう。
私の初めての恋人、内山金子さん。いつまでもいつまでも二人で一緒に……。
ロバート・シューマンである古関勇治より
私のクララ・シューマンである内山金子様 御許に

手紙を書き終えると、再び金子の写真を手に取って、顔を見詰めた。大きな瞳がこちらを見返している。ふくよかで首が太い。見るからに声が良さそうな身体つきだ。写真から声が聞こえてくるようだ。澄んだ綺麗な声が……。

突然勇治の頭の中にある旋律が浮かんだ。叙情的なゆったりとした美しい旋律。

そうだ！　以前作曲しようとしていた三木露風の「山桜」にぴったりの旋律だ！

勇治は五線紙を取り出すと、一気に曲を書き上げた。


自分の写真を見て勇治はどのように思ったか、毎日来る手紙をドキドキしながら読んでいた金子は、四日目にして写真を受け取った勇治からの手紙を読んで、ほっと胸を撫で下ろすとともに、勇治が本当に嬉しく思っている様子なので、自分も嬉しくなった。

そして別便で届いた「山桜」の楽譜には簡単な一文が認《したた》めてあった。

金子さん！　貴女は私の楽想の源です。貴女の御写真を見たとき、自然と美しいメロディーが浮かびました。貴女に捧げる歌です。私には見えます。ステージで私がピアノを弾いています。貴女は美しい瞳を輝かせて、この「山桜」を歌ってゐます。

皆うっとりと貴女の歌に聴き惚れてゐます……。

金子は楽譜を読み、メロディーを口ずさんだ。なんと綺麗な歌なのだろう。嬉しくなって、すぐに返事を書いた。

御手紙いただきました。あんな写真だからお怒りになったことだろう、と心配してゐましたのに、あくまで優しく仰言って下さる貴方の御心！　ほんたうに私は嬉しく思ひます。私の恋人として貴方こそもう離れ得ぬ人です。私は貴方が他の人と結婚なさるなど考へたくありません。私もただ一筋に貴方を愛するのみです。

関屋敏子さんのやうに、真に芸術に精進出来るやうになったら、きっと他のつまらぬ男などと結婚はしたくないやうになるだろうと、私は思ってました。ほんたうに今でもその心算です。結婚の幸福は愛があればこそです。自分の愛することの出来ぬ男と結婚して何が幸福でせう。

そうです。ほんたうに私を貴方のものにさせて下さい。そして貴方を私のものに。私はいつも貴方を思ってゐます。

男の方が女の心の純潔を貴び、幾度も恋したことのある女を嫌ふやうに、女も男の純潔、真面目さを何よりも愛します。

私は貴方を愛し切り、ただ頼り切ってゐます。どんな障害が横たわってゐやうとも、私の愛は不断です。もしや貴方が他の人に愛され、貴方の心が持ってゆかれたら、でも私は貴方を愛してゐるでせう。そして貴方の幸福であれば、私はただ耐え忍ぶつもりです。

私の母は私に「愛」を教へ「貞操」を教へてくれました。母は父の亡くなった後、若いのに一人で難関を切り抜けて私共の教育までしてくれた偉い人です。私は母の子です。どうか母のやうに清らかに、聡明に世を過ごしたいと思ひます。

貴方は何年洋行なさいますか。しっかり御勉強なさって下さい。未だ二十二（注1）でゐらっしゃるのですもの、四、五年はなさると良いと思ひますわ。貴方は私が結婚するかどうか？　って、私は貴方が愛して下さる以上、誰と結婚するものですか。而しきっとそこに多少の障害があるかと思はれます。でも私が独立し得る力がありさへすれば良いのです。貴方も難関を切抜ける意気を持ってゐらっしゃる、と私は信じてゐます。生涯の幸不幸は皆自分が招くものと私は思ってゐます。お互いに愛は固く理想を高く進みませうね。私はほんたうに嬉しい。

×　×　×

上京なさいますこと。あちらでは一人で御勉強なさいますのですか？

名古屋へお泊まり下さること！　ほんたうに待ってゐます。何卒早くいらして下さいませ。

私嬉しくて一人でニコニコしてゐますの。

髪をお伸ばしになったこと！　どんなでせうね。分けてゐるの？　真直ぐ？　横？　一寸こちら向いてごらんなさいって云ひたい気がしますわ。お写真早く下さいネ。

今日は日曜。ほんたうに良い日和です。赤い何か知らない美しい実のついた樹が窓の外の碧空に美しい色彩を見せてゐます。晴れやかな心で、さあ今からピアノのおけいこに行きませう。貴方の送って下さったメロディを歌ひながら。

「山桜」本当に気に入っております。私の歌にさせて下さいね。お願ひです。

金子

シューマン以上の　愛する古関様

（注1）これは当時の年齢の数え方、所謂「数え」による歳である。満年齢で言えば、勇治の誕生日は明治四十二年（一九〇九年）八月十一日であるので、この時まだ二十歳である。

5

心ときめく『結婚』という文字が手紙に現れ始めると、二人は互いに結婚を現実の問題として意識するようになっていった。二人とも、いつか将来のことと思いながらも、相手を唯一人の結婚相手と思うようになっていた。

しかし、将来はあくまで将来。先のことは誰にも分からない。特に、相手が外国に行ってしまい、何年も離れ離れになれば、二人の気持がどうなるかは全く分からない。

金子は、考えれば考えるほど不安に苛まれるようになった。

一方勇治は、一人で外国で暮らすことを考えると、いくら勉強に集中したとしても寂しさは募るであろうし、何とかして金子と一緒に行けないかと悩むようになった。

そして恋しさが募れば募るほど、相手が側にいない寂しさが余計に身に沁みる。二人とも、そんな日々を過ごすことが多くなっていた。

五月の初め、久しぶりに雨が上がって、朝から晴れ上がった日、勇治はほととぎすの鳴き声で目を覚ました。昨晩も遅くまで「五台のピアノ……」に取り組んでいたが、全く進まなかった。もう第四楽章の最後まで来ているのだが、転調するところでつかえてしまっている。同じところで二日間悩んでいるが、これだ！　というアイディアが湧いて来ない。ヴァイオリンのパートを書き直したり、ファゴットを取り入れて、また止めたり、勇治は悩み続けていた。

そして行き詰まると、思うのは金子のことだった。そんなとき勇治は心に言い聞かせる。これを完成させることが金子さんへの愛の証しだと。

その夕方、銀行の仕事が早く終わったので、勇治は気分転換と疲れた心身を癒すために、近くの温泉へと出掛けた。

雨上がりの新緑が美しく、山間の鄙《ひな》びた温泉に浸かると、勇治は金子のことを想った。いつか金子さんと一緒にこうして温泉に入りたい……。


その頃、名古屋は朝から雨だった。気持ちを滅入らせるような雨音に憂鬱な黄昏時、金子は窓から外を眺めながら、雨が続いているという、今日来た勇治からの手紙に返事を書いた。


お便りほんたうに有難うございました。こちらもこの二、三日雨が続いてゐます。銀緑のやうな雨が……。

うす藤色に霞んだ街に、美しい灯の色が幾つも幾つも浮いて見えます。たそがれです。こんな時はふっと寂しさに胸が引き締められるやうな気がします。苦しいことも、不満もない生活なのに、ほんたうに独りって寂しいものですね。喜びも何も心おきなく語れる人があったら好いのに。かうして窓傍に机を寄せてひたひた迫って来る夜のとばりを眺めてゐると、ただ貴方が恋しくてたまらなくなります。

貴方を恋する私の心は、自分にもわからない位激しいのです。

どうしてか、一度もお会ひしないのに、こんなに強い恋に焦がれ合ふのは、ほんたうに妙な気がします。因縁て云ひますか、なんて云ひますか。

貴方がひそかに私を愛して下さった頃、私もお手紙を通じてひそかに貴方に恋をしてゐました。お手紙の一文字一文字、その解釈をしてみたり、夜も眠れない位でした。そして毎日毎日が何時の間にか過ぎ、今、こうして真底から貴方に心を汲んでいただくことが出来るやうになりました。嬉しいといふよりも、ほんたうに神様か何にでも感謝したい気がします。眠る時も覚める時も、貴方の幸を祈ります。そして、自分の恋がどうぞ立派に遂げられますやうに、と……。

部屋が宵闇に包まれて、文字がはっきりと見えなくなりました。でも今日の私は何だかこのうす闇が好きです。文字の乱れるのをお許し下さいませ。

恋しい勇治さま。

貴方が十年あちらにゐらっしゃるとしても……。このままの気持だったら、私は何の不安がありませう。けれど月日の流れるやうに、いつか貴方のお心がはなれて行ったら、私はどうすることも出来ません。どうしたら好いでせう。私も早く有名になり、そして洋行したい。貴方のお傍にへ行きたい。どうかして。ほんたうに考へこんでしまいます。こんなことを想ふから余計淋しくなるのでせうか……。ほんとに暗くなりました。何だか泣きたい気分です。

又雨がはげしくなりました。急に。今から駅へ一寸ゆかねばなりません。この手紙も、あのポストへ、パタンと入れるのです。貴方の御手に触れてもらへるのを羨みながら。私も手紙と一緒に行けたら好いでせうに……。

全く文字が見えなくなりそうです。

ああ、貴方の偉大な頭脳がうらやましい。

美しい花を咲かせるには、やはり小さな芽から追々と伸びてゆかねばなりません。早く大きくなりたい。

あまりあせりすぎてるやうな気がします、自分でも。

何だかまだ電灯のスイッチをひねりたくありません。でも貴方には書きたいのです。そのくせ暗くて書けないのです。体中が涙であふれてゐるやうな妙な気持です。馬鹿ですね、わたしは……。

さやうなら。

キス、キス。わたしはこのレター一面にキスします。

貴方の御手にふれるのですもの。それでは　　　金子
恋しい恋しい　勇治さま
その夜、リフレッシュした勇治の筆は進んだ。昨日まで停滞していたのが嘘のように仕事は

捗った。夜の十二時過ぎ、いつものようにお茶を淹れて一服し、金子に手紙を書いた。

目には青葉　山ほととぎす　初鰹

初鰹。はともかく、今朝ほととぎすを聞きました。今日銀行を終へてから、一人で一里程離れた温泉（温泉と言っても、深山幽谷の中にある、仙人が出そうなところ）、新湯温泉に行きました。

一人歌を歌ひながら、両側の杉並木のこだまを友として、一人山道を行きました。緑の匂いを賞しつつ半年の間楽しみに待って居た、あの懐かしい郭公《かっこう》の鳴き声を聴きながら山へ山へと。カッコウ　カッコウ　とても懐かしいです。

平日で温泉には田舎の老人が一人きり。温泉につかって足を伸ばし、のびのびとした時の気持よさ。貴女を名古屋から引っ張って来て、この湯に入れて上げたい様です。

ここで耳に入るものは、

谷川の流れ、郭公の鳴き声、小鳥のコーラス

また何か一つ音詩が出来そうです。この温泉をテーマに。

×　　×　　×

あまり乱筆に書いてしまいました。

この御手紙をお読みになってる貴女の美しい笑ひ顔を、テレヴィジョンで見たい。テレ

ヴィジョンが早く実用になると良いですね。

もしもいやな顔をなされたら、私の悲しい表情をテレヴィジョンで送りますよ。

これを読まれる時、「金ちゃんが恋しい、金ちゃんが恋しい」と、最初から終わりまで、そう読んで下さいね。

その心持ちでこのレターを書いたんですから。

小股氏で一生懸命御勉強の金ちゃん。

五線紙で一生懸命愚勉強の勇ちゃん。

二人仲良く勉強しませう。一、二、三。

貴女の勇治より

何と言って良いか解らない程好きで恋しくてたまらない　内山金子様

勇治のこの手紙は金子の心をちょっぴり和ませた。しかし勇治の手紙を読むとき、勇治に手紙を書くとき、金子の心は、益々燃え上がる恋心に苛まれるのだった。


お便りいただきまして有りがたうございました。

先日差上げたお手紙は、今考へてみると。何を云ってゐたのか自分でも判りかねます。全く憂鬱な気分の時でした。あんな気持ちは初めてです。貴方とお別れすることを考へると、堪らなく悲しくなるのです。考へまい。せめてゐらっしゃる間なりと楽しくお話しやうと思ってゐたのですけれど……。

こうしてお便りを書いてゐながらも、ふっと泪がにじみ出ます。書けなくなってしまひます。

貴方は「乱筆」などと仰言って……。私は貴方の文字からして好きなのですもの。はっきりして、文章も明瞭で、よく貴方の個性が窺はれます。ほんたうに大好きです。いつも感じ良く書いて下さる……。この感じが私を引きつけ、こんなに熱い恋に悩まされるのです。私は自分の拙い筆で、自分のこの感じを表現することが出来ません。殆ど半病人です。精神的に。貴方にハートをとられてしまったのでせう。

貴方がいらして下さるのが、もう嬉しくて嬉しくてなりません。何時頃になるのでせうか？　何卒早く。でも何だか恥ずかしい気もしますわ。

×　×　×

ほのぼのと明るくなってまいりました。可愛い雀の声が。ほんたうに可愛くて美しいですね。私、大好きです。窓のガラスが綺麗な綺麗な水色になりました。私は床の中で書いてゐますの。

私の横には可愛らしいお人形が眠ってゐます。向ふをむいて。そっとこちらにむけると、まあ大きな瞳をパチッとして甘へてゐるやう、笑ってゐるやうに見えます。何だか私の心を一番よく知ってるやうなきがします。いつも夜の私を何から何まで見詰めてゐるんですもの。

とうとう夜が明けました。もう起きませう。

貴方は起きなすったかしら！　どんな顔して眠ってらっしゃるかしら！　髪をお伸ばしになったそうですから、私には想像がつきません。よく電車の中などでも、貴方に似た人がゐないかしら、と時々思ひます。こんなに大勢の男性がゐても殆ど自分に不要な人ばかりと思ふと、貴方一人と離れてゐるのが妙な気がして、一寸憤慨したくなります。随分勝手ね。ではこれで筆を置きませうか。

さやうなら。

あなたの金子より

私の大切な、恋しくてしやうがない　古関勇治様　みむねに

第四楽章

presto appassionato

プレストアパッショナート

とても速く　情熱的に

1

温泉でリフレッシュした勇治は週末に最後のスパートをかけた。

そして日曜の深夜にはあと一歩のところまで来た。残り数小節。しかし勤めもあるので、楽しみは翌日の夜までとっておくことにした。

銀行の仕事はいつものように暇、というより、殆ど客も来ず、だらだらとお喋りしたりしているだけだった。定期便のように金子からの手紙が届き、勇治は堂々とその手紙を読んだ。

金子さんはどんな顔をして眠っているのだろう、と夢想に耽っていると、又さんがお茶と紅白饅頭を皆に配ってくれた。

「昨日は小島さんの末の娘さんの祝言で、これは小島さんからの内祝いだ」と又さんが饅頭の説明をした。

「おめでとうございます。娘さんは幾つですか?」

勇治が訊ねると、普段愛想のない支配人の小島は珍しく笑顔で、「もうはたちじゃ。行き遅れるのではないかと、ハラハラしとったけど、何とか片付いて、これでもうホッとしただ」とおどけた。

金子さんは十九歳（注1）。きっと周りから、早く結婚するように迫られているに違いない。

金子さんの言葉、『貴方以外の誰とも結婚しない』を信じないわけではないが、自分が外国に行ってしまったら、どうなることか分からない。

いっそのこと、結婚してしまおうか。

ふと浮かんだその考えは、その午後の間中、勇治の頭の中で膨らんでいった。

夕方、帰るとすぐに最後の数小節を書き上げ、スコアーに最後の終止線を引き日付を書き入れると、冷めたお茶を飲み、しばらく放心状態でいた。大きな仕事をやり遂げた満足感に浸りながら、勇治は金子に手紙を書いた。

今、やっと「五台のピアノの為の協奏曲」完成しました。全四楽章です。スコアーブックに今書き上げたばかりです。

長い間の苦しみでした。あらゆるピアノ・テクニックの本を読み、ピアノ・コンツェルトのスコアーを財政の許す限り買ひ集め、レコードを買ひ集め、ラヂオでピアノ・ソロ又は何かのコンツェルトの放送があるごとに聴いて、私の最初の、そして最大のこの「五台のピアノの為の協奏曲」の最後の朱を、昭和五年五月五日午後六時二十分と入れたのです。冷たくなったお茶をぐっと一息に飲み干してしまひました。涼しい風が窓から入って来ました。夕焼けで空が赤く赤く染まっています。

昨年五月にこの作曲を思ひ立って満一ヵ年を経て、今日完成したのです。沢山の管弦楽作品、器楽、歌謡曲等を作った中で、この協奏曲だけは、最大のものにしやうと思って掛かりました。この四楽章より成る、一つの楽曲に対し、どれ丈精魂を尽した事でせう。芸術家が自己の芸術の為に苦しむのは当然です。その苦しみが如何に深くとも、それはさうあるべきです。それは、いささかも、誇りとすべきではないと思ひます。それはよく解ってます。然し、その為に払われた犠牲が予想外に多大で、他に累を及ぼす事があまりに残酷である時、私はつくづく自分が作曲家として生れた事を呪ひます。また作曲家として生きねばならぬ事を呪ひます。

昨年八月一杯は、極度の衰弱から、温泉へ行って休みました。十月末から十二月初め迄は、病気の理由で（実は作曲の為に）福島市外の渡利《わたり》村の親類の処で創作に没頭しました。ただこの小さな協奏曲の為に。ロンドンの出版社チェスター社からは、この曲の出版を申込まれ、矢の如き催促が来ました。どうしても早く完成させねばならなかったのです。私は万事を捨てて、この創作に没頭しました。

私は苦しみました。どうしても出来ないのです。

私はその為に自分の芸術上の良心を売る事は出来なかったのです。

歌曲の依頼も、福島ハーモニカ・ソサエティからのハーモニカ合奏曲の編曲及び作曲も後回しにして、自分の頭より流れ出るものを五線紙に書いて行ったのです。私の曲はまずかった。洗練に洗練を経るほど、磨けば磨くほど私は厳粛になったのです。一音、一節の疵《きず》も見逃せなくなりました。たった一小節のファゴットの譜の為に七日七夜も坐りました。コール・アングレ（注2）のカデンツァの為、つひ先月の中頃迄苦しみました。

そしてやっと的確な譜を書く事が出来ました。

私は本当に苦しみました。今年になって、あんなに新聞で騒がれ、私の創作欲はかなり害されました。

そしてそして貴女を知りました。

一人で愛着のやみがたい心を抱き、一人で恋に悩み、この協奏曲に対した事。私の芸術的良心はこの全作を改作させずにはいかなかったのです。貴女の為に二百枚の原稿五線紙の多くの部分を書き換えました。

すでにチェスター社との契約期限は過ぎて居ます。

今やっと完成されたのを見ると、過ぎた苦しみが走馬灯の様に目の前にうつります。貴女のお写真を抱いて感謝しました。貴女のお陰でこんなに早く完成出来たんですものね。私と貴女の心が、もう完全に結ばれたのです。そしてその結果として、この曲が出来たんです。ほかの、この間に作った二十数曲は、この曲の創作の間に出来た、言はば子供の様なものです。

貴女の御手紙が来る時、私の胸は波打ちます。猛烈にインスピレイトされたメロディがほとばしります。只、五線紙の上に書き流されるのです。貴女の御手紙を読むと本当に体がふるえます。嬉しいのです。こんなに私を信じ、私を愛し、私を恋して下さる貴女を見出してくれた神に感謝の祈りを捧げます。

私は貴女をただ恋ひしたふだけです。貴女を愛するのみです。

今迄は芸術の為にあなたを……。それが今では貴女の為に芸術を捨てても良い様な気がします。私の総てであった音楽芸術。それが今は、私の総ては貴女に皆掛かって居ります。

銀行で事務を執って居ても、夜勉強をしても、創作に耽っても、いつもいつも貴女の事は念頭から去らないのです。創作中だけでも、すっきりした頭となってやりたいのですが、やはり貴女のお顔が目の前に浮かびます。貴女が私にインスピレイションを与へるのです。

あまりに遠く離れて居る二人ですね。本当にかなしくなる時があります。会ひたくて会ひたくて自分で自分の着物をむしり取る事もしばしばありました。

どうして二人はこんなに烈《はげ》しい恋に落ちたのでせう。生まれ出づる前よりの運命の定めですね。

私は幸福です。貴女の為に。

×　×　×

シューマン伝と五線紙、別送致します。

シューマン伝、貴女に差上げますから、永久に、御心の行くまでお読み下さい。「ショパン」もあります。お読みになりますか？

五線紙は、私の専用のものです。これに私の全芸術は書かれます。用ひて下さい。下に印刷されてる、古関裕而（裕而は私のアーティカル・ペンネームです）創作用五線紙の活字は切り取って下さい。私の名入れを使っては変でせうから。

× × ×

全世界中の歌曲で伴奏のないものはありません。日本在来の歌を御覧になってもお解りの通り、常磐津《ときわず》でも義太夫《ぎだゆう》でも雅楽でも謡曲でも、全部伴奏楽器があります。世界中で伴奏のない歌は、仏教の声明（シャウミャウ）のみです。

私は今迄の慣習にとらはれないで、無伴奏の歌曲を作り出しました。同封の曲、私の無伴奏歌曲作品です（無伴奏曲は洋曲で合唱曲にありますが、合唱に依って出されるハーモニーが伴奏の役をしてゐます）。

日夏耿之介《ひなつこうのすけ》氏（注3）の高踏的な詩「道士月夜《どうしつきよ》の旅」に作曲したものです。

この譜は絶対、小股氏に見せないで下さい。音楽の邪道、異端者と言はれるに決まってますから。現在の全世界の楽壇には受け入れられない曲です。あまりにもSuperior Ultra Modernismです。十年後、五十年後、やがて世の人は私の無伴奏曲を見出すでせう。

× × ×

あまり長い手紙になって、お読みになるのに、嫌になった事と思ひます。

乱筆、お許し下さい。

私の芸術を香り高いものにして下さる貴女に感謝しつつ、筆をおきます。

私の大切な　内山金子様

貴女の　勇治より

（注1）これも「数え」による年齢。金子の誕生日は明治四十五年（一九一二年）三月六日であるので満年齢で言うと十八歳である。

（注2）これはフランス語。イングリッシュ・ホルンのこと。

（注3）日夏耿之介（ひなつ　こうのすけ）1890―1971 詩人。自身がゴシック・ロマン詩体と呼ぶ、古典的な語彙を用いた荘厳で神秘的な詩を書いた。

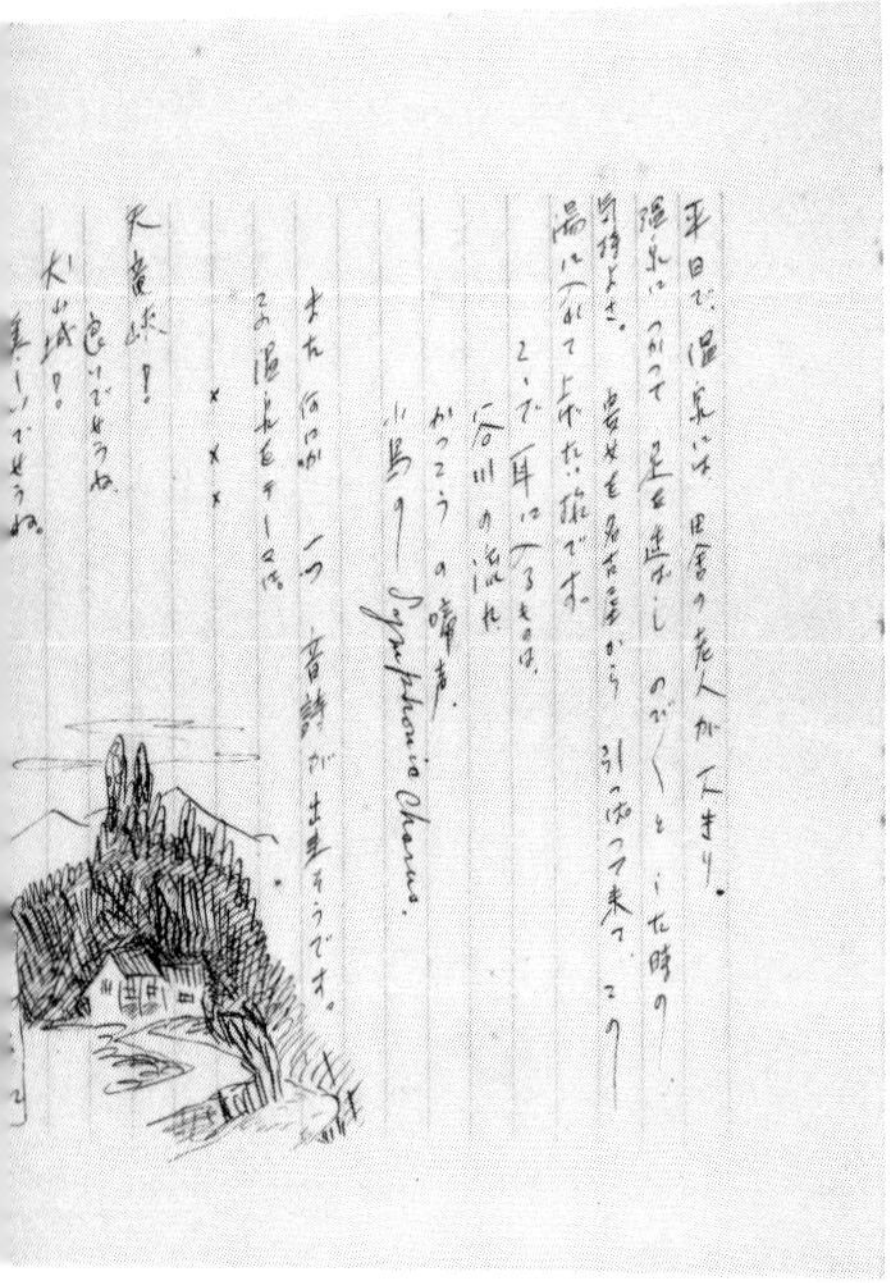
平日で温泉には田舎の老人が一人きり。
温泉につかって足を延ばし　のびのびとした時の
気持よさ。　貴女を名古屋から　引っぱって来て　この
湯に入れて上げたい位です。
ここで耳に入るものは、
谷川の流れ
かっこうの啼声。
小鳥の Symphonie Chorus.
また何日か　一つ音詩が生まれそうです。
この温泉をテーマの詩
× × ×
天竜峡！
良いでせうね。
犬山城！
美しいでせうね。

2

金子はこの手紙を涙に暮れながら読んだ。嬉しかった。悲しかった。自分の為になら芸術を捨ててもいい、という勇治の、そこまで自分を愛してくれる気持ちが嬉しく、そしてその悲壮な気持ちが悲しかった。

こんなに愛し合っているのに未だ会うことも出来ない自分達が悲しかった。結婚を誓い合ったとしても、すぐに異国に旅立つ運命にある恋人を持ったことが悲しかった。

金子は涙を拭いながら返事を書いた。

涙がこぼれて何から申上げてよいやら解りません。

貴方は私のこの気持ちを知って下さるでせうね。私は本当に気がどうかしてしまひました。私は貴方が恋しくて恋しくて身悶えしました。じっとしてゐられませんでした。自分のこの心の悶えをやるすべもなく、私は部屋の中をぐるぐる歩き廻りました。そうしてどうすることも出来なくなると、椅子にうつぶして胸をしづめるのでした。こんなに烈しい胸のおののきを感じたことがありませうか。私は本当にどうかなりさうな気がして来ます。貴方の愛撫は私の破れさうな軟らかいハートに余りに強烈です。でも私はそれがどんなに嬉しいことでせう。幸福なことでせう。

勇治さま。私は貴方にこんなに愛されて良いものでせうか。

醜い自分を省みる時、私はつくづく思ひます。私がもっともっと美しかったら、もっと貴方を幸福にしてあげることが出来るだらうに、と……。私はただ心一杯の、清らかな愛情を以って貴方にむくいる他、仕様がありません。

私の貴方に対する愛は、むしろ信仰です。

音楽の道に進むことに、反対が次第に持ち上がってゐます。誘惑です。私は一生貴方一人を愛しとほしたいのです。これだけ貴方を想ひ、貴方に焦がれた胸で、他の男のものになるなど、考へただけでも耐えられないことです。亦、そうした私を迎へる人にも気の毒ではないでせうか。

私は自分で、自分がどうなるか知りません。私は信念を曲げません。名門が何でせう。美貌が何でせう。皆、私を動かすことは出来ません。真剣な恋といふものは、かくも苦しく切ないものか！　ああ貴方が私を愛して下さる。私はそれだけで十分満足します。私はこの恋に生命を賭けます。

恋愛と結婚。真の恋愛は反ってそうした形式を無視するやうな気がします。夫婦で鼻を突き合わせてゐても、互いに夫は妻以外の女性を求め、妻は夫以外の男性を求めてゐたら、何と不幸なちぐはぐな生活でせう。私は現世の多くの結婚を見、必ずしも結婚が幸福である、といふことは考へられなくなりました。

貴方も何卒、そういふ形式にはまらず、自由な態度で私を愛して下さいませ。私と結婚せねばならぬなどといふ気持は、起こりもしまいでせうけど、無理に信念づけるやうにもしないやうに。真から自然に湧き上った希望だったら、……ですけれど。

× × ×

告白すれば、恋愛と同時に、誰もが考へるやうに、現在の私にとって、貴方が他の方と結婚するといふことは、最も苦痛です。私はどうかして貴方と結婚したい。思ふさま、貴方に愛撫せられ、亦思ふさま貴方を慰め愛したい。

御免なさい。ほんたうに……。余程書くまいと思ったのですけれど。でも、どうしても書かずに居られないのです。

ほんたうに貴方は私のものであって下さい。私は生命ある限り貴方のものであることを誓ひます。現在の私の心持を告白するのは、極めて危険な、愚かなことかも知れません。而し私は貴方を信じ、ただ飾り気のない、そのままの気持で貴方を愛してゐるのです。

貴方が真の芸術家たることに絶対の信頼をおいてゐるのです。

私こそ貴方があるために幸福で一杯です。

× × ×

シューマン伝、それに五線紙、どんなに嬉しかったでせう。ほんたうに胸が破れさうに高鳴りました。レターの全部も、勿論ですけれど、大切に大切に蔵《しま》ってあります。これは私が貴方のものであるかぎり、大切に保存しておく心算です。何卒ご心配なく。

丁度真夜中です。今夜は秋の夜のやうに、冷気がみなぎって、清らかな月が、晴れ澄み切った空に浮かんでる夜です。この月光は貴方の部屋にも流れこんでることでせう。私の代りに、しのびよって貴方の頰に、唇に、ひそやかなキスをささげるやうに……。

もう今は安らかな気持です。貴方の幻想で眠られないでせうけれど、もう床にはいりませう。おやすみなさい。

金子

わたしの最愛なる　古関勇治様　みむねに

精魂を込めた大作を書き上げた勇治は、二、三日の間、作曲をすることもなく、ただ金子のことばかり考えて過ごしていた。

今月末には東京へ出る。そして名古屋に、金子さんに会いに行く。そのとき何と言おうか？　結婚を申込むべきであろうか？　しかし一緒に洋行することは出来ない。自分一人の旅費はチェスター社に出して貰えるが、二人分は出ない。たとえ二人で行けたとしても、向こうで二人で生活するのは、とても無理だ。やはり自分一人で行くよりない。金子さんはいつまででも待つと言ってくれているが、何年も待たせるなどということは出来ない。第一、離れ離れの生活なんて、今だけで十分だ。これ以上離れて暮らすなど、考えられない。

一体どうすればいいのだろう……。

幾度となく同じことを考え、結論は出ず堂々巡りをする。

勇治は気晴らしに、川俣の町を見下ろす舘《たて》ノ山に足を延ばした。町からすぐの、標高三百三十メートルの小高い丘のような山だが、傾斜はかなりきつく、道は九十九折《つづらおり》で頂上までは小一時間程掛かる。昔、伊達藩《だてはん》の一番南の端の守護砦があったところだ。

新緑の匂いを嗅ぎ、四方の山々の景色を眺めていると、自分の存在がちっぽけに思える。しかし距離は離れていても同じ空の下に金子も居るのだと思うと、寂しさはなかった。何処にいようとも、自分は一人ではない。勇治はそう思った。金子さんは常に傍らに居る……。

勇治は、いつでも金子に手紙を書けるよう常に持ち歩いている便箋に頂上からの眺めをスケッチし、手紙を書いた。

金子さん

今私の立って居る処が舘ノ山です。よく此処には一人で遊びに来ます。下の町が川俣です。輸出羽二重の産地として金沢、福井と共に海外に迄、知られて居ります。

ほら、耳をすましてごらんなさい。機《はた》の音が聞こえるでせう。町の八割は皆、機織業《はたおり》です。向ふの青い空に、太陽の光を一杯に受けて、くっきりと立ってる山が、花塚山と言ふ山です。南朝北朝時代に北畠顕家《きたばたけあきいえ》が義良親王《のりよししんのう》を奉じて立て籠もった、あの名高い霊山《りょうぜん》の山続きです。阿武隈山脈の一部の山です。霊山よりは少し高い様です。

左手の山は、続き続いて故里の福島市の近くまで行ってます。左の方の一番青葉の繁った丘が、岩松山公園です。つつじは未だ咲いてます。岩松山の下に川俣小学校があり、そのさらに左手に、停車場があります。汽車が見えるでせう。岩松山の裏山続きはとてもとても美しい山です。すぐ前に森がありますね。その側を通って左手に折れて山に一里程行けば、新湯温泉です。ここからは山の陰で見えません。山に立って日の光を受け、ありあまる青葉若葉の匂ひを喫し、高い高い青空を望む時、私は非常に嬉しいです。

この自然の中に、私と貴女と二人が結ばれたのです。永久に離れますまい。否、離れちゃならないのです。約束して下さい、金子さん！

貴女は御自分でみにくいみにくいと言ふけれども、私は決してそうは思ひません。また、たとへそうであっても、決して力を落とす事はないと思ひます。

二人が今日《こんにち》相愛する様になったのは、形態美からではない筈です。心が、二人の心がそうしたのです。二人の心の美しさが、今日、この様にしからしめたと思ひます。

私を信じて下さい。貴女の為に芸術に精進してる私です。貴女一人に頼って作曲に進む自分です。あまりにも弱すぎる。あまりにも情けない。しかし今は、どうにも出来なくなってるのです。貴女よりのお便りが私の芸術興奮剤です。

貴女以上に熱烈な、この私の恋を、いつまでもいつまでも育てて下さい。お願ひです。では又、その内に。

東北の田舎にて　　勇治より

愛人以上の愛人、恋人以上の恋人　内山金子様

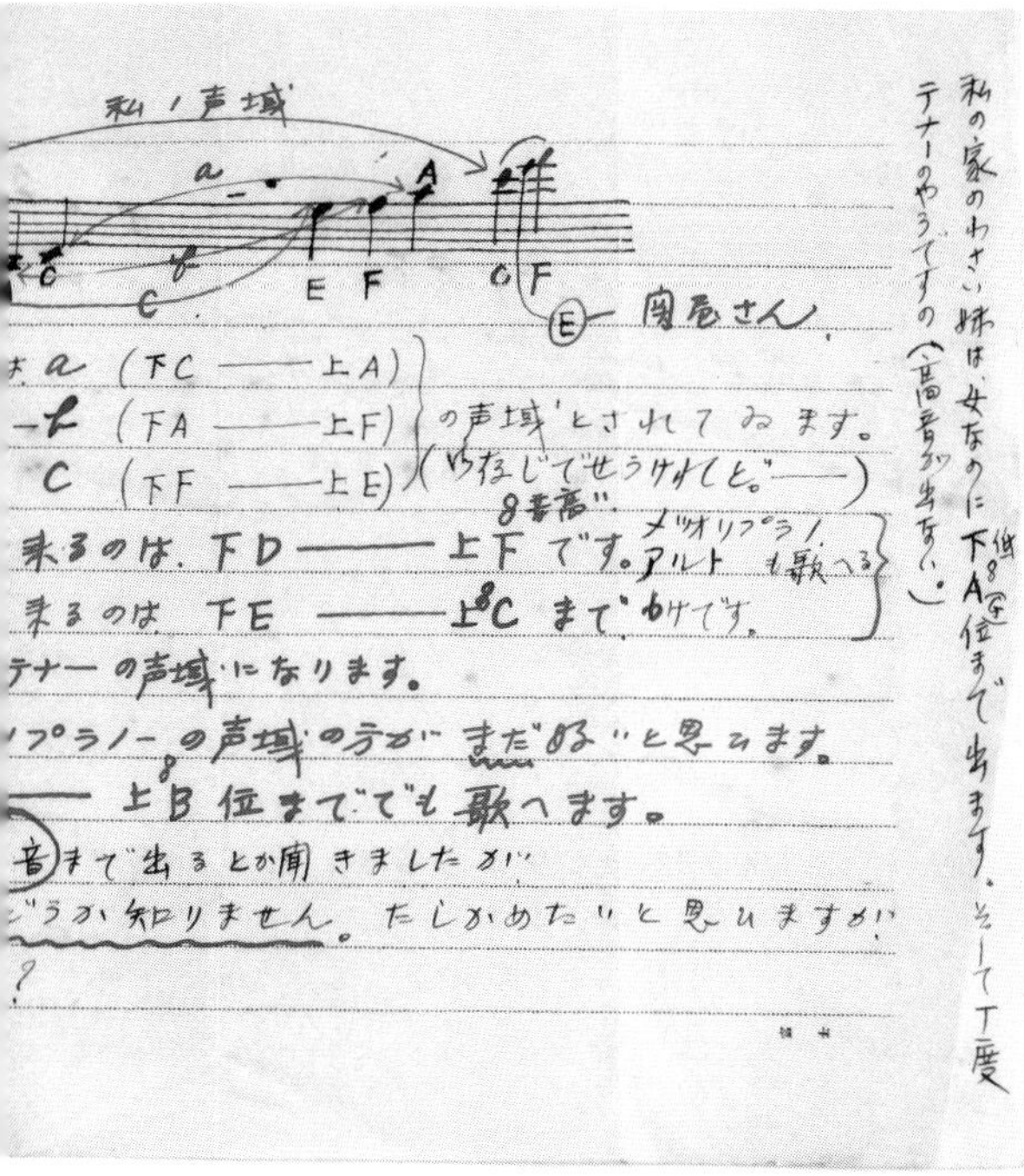
私の家のわさい妹は、女なのに下A位まで出ます。そして丁度
テナーのやうですの（高音が出ない）
私ノ声域
E—関屋さん
a（下C ——上A）
（下A ——上F）の声域とされてゐます。
C（下F ——上E）（ご存じでせうけれど。——）
来るのは、下D ——上F です。メッゾソプラノ、アルト も歌へる
来るのは 下E ——上C まで、だけです。
テナーの声域になります。
ソプラノーの声域の方がまだ好いと思ひます。
—— 上B位まででも歌へます。
音まで出るとか聞きましたが
どうか知りません。たしかめたいと思ひますが

3

金子は、自分の心が自分のものではなくなっているように感じていた。仕事にも勉強にもピアノと歌のレッスンにも集中出来ない。これではいけない、と思っても、すぐに勇治のことを考えてしまう。

仕事をしていれば、今頃勇治さんは、銀行でお仕事をしているのだろう、と思い、勉強している時には、今頃勇治さんは作曲しているのだろう、と思い、ピアノのレッスンでは、こんなに下手では（先生にではなく）勇治さんに叱られてしまう、と思い、寝る時は勇治の寝顔を想像した。

することなすこと総て勇治と結びつけて考えてしまう。今日は、村田主幹と小股先生から同じことを言われてしまった。

「貴女はこの頃どうかしている」と。

思いの丈をぶつけられるのは、勇治に手紙を書くときだけなので、勇治への手紙はいつも、愛されている喜びと、離れている悲しみの両方が綴られた、支離滅裂なものになってしまう。

名古屋と豊橋は汽車で一時間半ほどなので、金子はちょくちょく豊橋に帰っていたが、それも億劫になってきた。帰るとすぐに母や姉が、しきりに縁談を持ってくる。声楽家になることは、周りの皆が反対だ。歌をやりたければ、結婚してから趣味でやればいい、と言う。

しかし、反対されればされるほど、縁談を薦められればられるほど、金子の心は頑なになる。元来独立心が旺盛で、人の意見はあまり聞き入れない性格だ。それに今は一応独立している。一家の生計の負担になっている、という負い目はもうない。

何とかして自分も一緒に洋行したい、というのが今の金子の一番の望みである。そのためにはお金を貯めねばならない。一銭でも惜しむ気持ちから、豊橋に帰る回数も減らした。道を歩けば、お金が落ちていないかと、地面ばかり見て歩く。村田主幹から戴いている給料は、僅か三十円だ。でも下宿代も食費も掛からないのだから、それはそれで良しとしなければならないだろう。

兎に角、いつかは物事が上手くゆくだろう、と楽観的な希望を抱く。悲観的になってはいけない。少なくとも私は世界一愛されている女なのだから。それも世界一偉大な芸術家に……。

勇治から来た手紙は、尚一層勇治に対する尊敬の念を増した。何と絵も上手なのだろう！何と素晴しい才能を持った芸術家なのだろう……。

見事なスケッチ！　軽妙な線の動き！

向ふの山はほんたうにうららかな陽光に映えてゐます。丘から見た美しい静かなよい風景。貴方はほんたうにすっきりした気持であれをお書きになりましたのね。私は貴方が指さして下さる方を、あちこち見ました。一緒に立って教へていただいてるやうな幸福感で一杯になりました。私も一度そちらへ行って、一緒にその山に登りたいっていふ気がしました。

芸術も思想も趣味も勝れた貴方！　きっと神様が授けて下さったのですね。

シューマン、読ませていただきました。シューマンは多感多情ね。随分あちこちの女に恋しましたのね。クララは随分すぐれた婦人ですね。シューマンはどんなに慰め励まされたことでせう。

私、きっと貴方にお会ひしたら、益々好きで好きでたまらなくなり、困ってしまひます。きっと貴方を離せなくなりさうです。

約束しませうね。お互い離れやしないと。

貴方がロンドンへゐらしても、パリへゐらしても、貴方の御心が、アルプスを越へ、大洋を越へて私の周りを取り巻いてゐて下さると思へば、私はどんなに楽しい元気な日が送れることでせう。

貴方のむこうの生活を想像すると一寸心配になります。

第一に食事。貴方はお丈夫でないのですから、急に変わってしまふのは毒ですね。きっとご飯が恋しくなるでせう。

ダンス・カフェーによく行く人と遊ばないやうに……。ほんとに遊んぢゃいけませんよ。

(随分私勝手ね。ごめんなさい) 私の信頼し敬愛する貴方ですから、大丈夫、誘惑はされはしまい、と思ひます。

貴方は行っておしまいになる。私は残って気力を続けることが出来るでせうか。ああ私も行きたいな。

私は可哀さうね。自分でもいつもしみじみさう思ひます。

路傍にころがってる小さな石ころ！　何時になったら拾はれるか。磨けば少しは輝きさうなものを……。皆蹴っ飛ばして、通り過ぎてゆくのでせうか。

私は馬鹿です。ほんたうに。貴方に、この一杯にたまった涙が見えるかしら。突き上げてくる涙です。ごめんなさい。もう書けません。

×　×　×

この頃は一寸のことにすっかり憂鬱になって困ります。特に貴方のことを想ひ、自分の将来を考へると。

余りセンチメンタルになってしまひました。どうぞ貴方の御心によって、晴れやかな心にして下さいませ。ただ貴方の愛によってのみ、生き甲斐がある気がします。

貴方のみの金子より。　早くいらして下さい。早くね。

会ひたくてたまらない私の恋人　古関勇治さま

4

勇治にとっても金子の手紙は、最大の喜びと同時に苦痛でもあった。勇治の心は奮いたち、またちりぢりに砕けそうであった。

勇治は何とかこの苦しみから逃れたいともがいていた。このままでは気が狂いそうだと思った。芸術と愛が両立することは実感していた。金子の手紙を読み、彼女の事を想えば、曲想は次々と湧いてくる。でも勉強と愛は両立し難い。出発の日は刻々と迫って来る。金子を置いて、本当に出発できるのか？　勇治は繰り返し繰り返し自問自答する。

残しては行けないのなら、選択肢は二つしかない。

金子に苦しい胸の内を書いても、それは何の解決にもならなかった。金子は常に、いつまでも信じて待っている、と書いてくるだけだ。自分の苦しみを誰かに相談出来たら、と思う。しかし、身近にそんな人はいなかった、

芸術と愛と勉強の板挟みにあった事のある人など、そうそういるものではない。シューマンとかショパンとかの先人に学ぼうと思っても、伝記にはそんなことはごく簡単に書かれているだけだ。仕事の業績の方が余程重要で、恋愛関係は付け足しでしかない。

誰か身近で、同じ様な体験をしている先輩がいるといいのだが……。ちらりと山田耕作の名が浮かんだ。

駄目だ、駄目だ。あんな、妻妾同居を妻に迫るような、道徳観以前の、人間としての最低の、誠実さの欠けらも持ち合わせていないような人間に、純粋な恋の悩みなど解る筈がない。他に誰かいないだろうか？

金須先生？　先生にどんな恋愛体験があったか、全く知らないが、謹厳そのもののような先生に恋の悩みなどを相談しても、きっと、そんな一時の気の迷いみたいなこと、と一蹴されるような気がした。

堯空和尚？　和尚は年上と言ってもまだ三十そこそこ。仏の教えを請うことは出来ても、芸術とも恋愛とも無関係のような気がする。でも万葉集が好きだから、万葉の頃からの恋愛事情には詳しいかもしれない。恋の悩みは、今も昔も、世の東西も、関係なく同じだろう。だけどやはり和尚にこんなことを相談するのは気が引ける。

悩んだ末結論も出ず、また明日よく考えよう、と気持ちを切り替えて、勇治は夜の散歩に出掛けた。

月が冴え渡ってます。あまりにも澄み切って、冷酷な感じさへする月です。
私の悩みもよそに、月は、あまりにあまりに冷やかです。秋の月の様です。
この淋しさに悩む自分の心、激しき恋に苦しむ自分の心を、あまりに苦しませます。
今、自分の歩いているこの田圃路《たんぼみち》は、この地は続き続いて貴女の処にとどいてます。その地を今、悶え苦しみつつ歩く私です。

まあ、勇治さんたら、夜の田圃路を歩きながら、どうやって手紙を書いているのかしら？
と金子は不思議に思いつつ読んだ。

水田で鳴く蛙は、まるで秋の蟋蟀《こおろぎ》のやうに寂しく、かなしく鳴いてます。もう一時近くだろう。町の電灯のみがきらきら見える。真っ青な大空にまろい月のみ。
星は姿をみせず。地にうつる影を、貴女と思ひ、地にころんで、いく度、空な地面を抱きしめた事でせう。

いやだわ。地面を抱きしめるなんて、一体どうやって？　でも金子は嬉しかった。

貴女のお苦しみを手紙で拝見し、尚一層に苦しみは増してゐる今夜。

私の手紙があの方を苦しめてしまっている。金子の目には涙が浮かんできた。

純な芸術家として立って行かうとする自分は、今、激しい恋に悩む。貴女を思ふ心は、日一日と増し、私の作品も日一日と情熱的に変って行く。耐へられなくなって畳の上に倒れ苦しむ。

私の心、貴女の処迄、とどいて居るでせう。

貴女の御心が私のこの胸の中にしみ込んでます。それ故に、悩みながらもその道に精進出来るのです。

恋に悩み苦しみ、そして芸術の道に励む。私にとって非常に苦しい事だ。しかしそれが、貴女への唯一の義務と思ふと……。一分の暇も、無駄なくひたすら芸術の道に進む自分。この自分の姿。

半面悩ましい恋に落ち、半面真面目に芸術の道に進む自分を見る時、自分を可哀想に思ひます。

外国へなんぞは、行きたくない。名古屋に住みたい。貴女の側に居たい。

大分疲れた様です。なんだか悪寒を感じます。もう二時近く。帰って寝やう。金子さんは今頃どんな夢を見ているだらう。やさしい、美しい寝顔にそっとキスを投げてやりたい。

……月はまだ冷酷です。

×　　×　　×

昨夜、寒い処歩き廻り風邪を引いてしまひました。でも御安心なさい。大した事はないのです。医者が来て、薬をくれましたから、本当に大丈夫です。

今日は日曜です。いやないやな雨です。本当に体が弱くて駄目です。情けなくなってしまひます。

そっと貴女の写真を出して……、キス……。

なんだか書けなくなりました。体がふるへます。手がふるへます。

終日貴女のみを思ひ、うつうつと日を送る不勉強な作曲家!

この四、五日はほとんど何も手につかぬ。銀行に出ても、ぼんやりと……。貴女の幻が空に浮び出る。

私なんかどうでも良い。金子さん!　立派な声楽家として立って下さい。それのみ祈ります。

×　×　×

今日は月曜日です。銀行の宿直です。今、宿直室でこの手紙を書きました。やっとの思ひで。ああどうして良いのか解らない。

きっときっと名古屋に行きます。待ってゐて下さい。

五月十二日夜十一時半
哀れな勇治より。

追伸　今朝貴女よりの御手紙を受け取りました。

私達二人は極度に恋し合ってます。激しすぎます。今少し落着きませう。今迄と同じく、否、それ以上の愛情を持って、そして落着きませう。今少し冷静になりませう。いつまでもいつまでも離れず、と約束した二人です。

本当に現在のままで進んだら、私は狂ひ死にするかも知れません。ね、金子さん。極度の興奮を柔げませう。二人の永久の愛を保つ為に。

金子はただただ、とめどなく溢れる涙の、人生の塩辛さだけを感じていた。

宿直の翌日、勇治は銀行の机の前に座ったまま、身動《みじろ》ぎもせずに考え込んでいた。このままでは本当に二人とも恋の炎に焼き尽くされてしまう。心臓が破裂してしまう。頭が、脳味噌が溶けてしまう。気が狂ってしまう。

何とかしなくてはいけない。自分で何とか解決しなければならない。金子さんは、芸術の道に進む自分を励ましてはくれても、現状を打破する力にはならない。自分で何とかして道を切り開くのだ。やはり誰かに相談しよう。誰か？

良く考えれば実際のところ、相談出来るのは山田耕作しかいなかった。

『主婦之友』の記事を読んでからは、山田耕作とは疎遠にしていたが、考えてみれば、雑誌の記事を鵜呑みすることは良くない。ああいう暴露ものは面白可笑しく書くものだ。山田耕作に訊けば、別の言い分があるかも知れない。

それに山田耕作ならば留学経験もある。勿論恋愛経験は豊富だろう。尤《もっと》も彼の場合は恋愛と言うより、遊びかもしれないが……。

恋の相談という形ではなく、結婚を考えている相手がいるが、一緒に連れて行った方が良いか？　二人で向こうで暮らすとなると、どんな問題があるか？　お金はどの位掛かるか？　一人で留学した方が良いのか？　結婚は延期すべきか？

そういう訊き方で助言を求めるのが良いだろう。享楽的な山田の事だから、一人で行け、と勧めるかもしれない。意に染まる回答ではないかも知れないが、駄目で元々だ。

勇治は慎重に言葉を選びながら、山田に手紙を書いた。

山田耕作が弟子の山下《やました》のオーケストラ作品に赤字を入れ、月に一度の指導を終えようとしたとき、

「先生、以前、作曲の国際コンクールで入賞したと新聞に載った古関っていう人を知っていると言っていましたよね」

と山下が訊ねた。

山下は東京音楽学校の学生だが、岩崎男爵《いわさきだんしゃく》の遠縁で、男爵から頼まれて月に一度、作曲を指導している。大した才能は無いが、昔からのスポンサーである三菱財閥の当主岩崎男爵からの依頼では、山田も断るわけにはいかなかった。

山田は無駄話をしている暇は無いのだが、山下は生来のお喋りで、こちらの都合など気にせずに、すぐに雑談を始める。

「ああ、知っているよ。それが？」

山田は早く話を終わらせようと、ぶっきら棒に答えた。

「ヴィクターという雑誌の今月号はお読みになりましたか？」

「いや、読んでいないが？」

「その彼がその雑誌に、自分の経歴と入賞した曲について書いているのです。彼はもう、あのコンクールで入賞した組曲の他にも、交響曲を三つと五台、なんと五台ですよ。五台のピアノの為の協奏曲、他にも歌曲や何やかや、随分沢山作曲してるそうですね。それも商業学校、商業学校ですよ。音楽学校でなく。まともな音楽教育も受けていなくて、商業学校在学中から独学で……」

「ああ。彼は文字通り天才だからね。素晴しい素質を持っているよ。それで、君は何を言いたいのかね？」

「いや、まあ、独学で作曲を勉強してコンクールに入賞して、留学までされたら、我々東京音楽学校の作曲科の学生も形無しだなと……。作曲科の仲間でも、オーケストラ作品を書ける奴は多くはいませんし、僕のオーケストレーションも、いつも先生に目茶苦茶にけなされるだけで……」

「それは君を叱咤激励して育てるためだよ。でもまだまだだね。君も頑張るんだね。彼を見習って」

「勿論頑張りますよ。独学の男なんかに負けないように……。僕だって先生の弟子であり、東京音楽学校の学生なのですから、山田先生と学校の面目にかけて、出来たら留学して……」

「面目だとか、そんな下らないことを考える暇があったら、寸暇を惜しんで勉強しなさい。この古関君は、そんなことは考えもせずに、作曲に没頭してるよ」

「あ、はい」

山田は退室する山下の後ろ姿をちらりと見やって、何とさもしいことを考える輩だろうと思った。才能のない奴は度し難い。

それにしても、昨日古関君から手紙を受け取って、今日彼のことが話題になるなんて、おかしな偶然もあるものだ。

山田は、何と返事を書こうか迷っていた。今年の初めにお祝いの手紙を書いたときには、是非留学しなさい、と勧めたが、結婚を考えているとなると……。

それに留学なんかすると、自分が大層偉くなったと勘違いする輩もいる。山田はかっての愛弟子、近衛秀麿《このえひでまろ》（注1）のことを思い出した。

六年ほど前に日本交響楽協会を設立し、ベルリンとパリで指揮と作曲を勉強して帰国したばかりの近衛を、指揮者として迎えてやったのに、最初の定期演奏会が終わると、マネージャーの原《はら》の不明朗な経理を指摘した山田に対して、原と近衛が結託して反旗を翻し、大部分の楽団員を引き連れて脱退したのだ。

山田にとっては、正に、飼い犬に手を噛まれたような、苦い思い出だった。

（注1）近衛秀麿（このえ ひでまろ）1898―1973
指揮者。作曲家。近衛篤麿《あつまろ》公爵の次男として生まれる。近衛家は皇室で雅楽を統括する家柄であった。山田耕作に作曲を学び、大正十二年（一九二三年）にヨーロッパに留学。ベルリンとパリで指揮と作曲を学び、翌年帰国。山田耕作に誘われ日本交響楽協会の設立に指揮者として参加。大正十五年（一九二六年）に最初の定期演奏会を行うが、不明朗経理が原因で内紛が勃発。近衛は大多数のメンバーを連れて退会し、新交響楽団（後のＮＨＫ交響楽団）を結成した。しかし、その新響もゴタゴタ続きで結局退団。その後は幾つものオーケストラで指揮者として活躍した。戦後は近衛管弦楽団（現在の日本フィルハーモニー・オーケストラ）を設立した。

5

山田耕作からの返事は、その週の終わりに届いた。勇治はその手紙を読むと複雑な思いに駆られた。それは暗に留学を断念しろということであり、クラシックを断念しろ、と言わんばかりの内容だった。

……これから家族を養ふのであれば、お金が掛かります。多大な苦労と労力を必要とされる交響曲を書ひても、殆どお金にはなりません。

実の処を申せば、私の財政的基盤も童謡や歌曲に依る処、大であります。その基盤があるからこそ、交響曲が書けるのです。然らば、まずは童謡や歌謡曲をお書きになり、生計を安定させてから、留学などをお考へになるのは如何かと思ひます。

もし宜しければ、私が貴殿をレコード会社に推薦して差上げても宜しいかと思ひます。

前途洋々たる貴殿の心を射止めたのは、どんな女性でせうか。御二人のお幸せを祈りませう。

Vissi d'arte Vissi d'amore（ヴィッシ・ダルテ、ヴィッシ・ダモーレ）。

言ふまでもなく、ヴェルディのオペラ「トスカ」の中のアリアですが、この題名どほり、〝芸術に生き、愛に生き〟て、御活躍為さらん事を御祈り致します。

つまりは、童謡や歌謡曲の作曲家になって金を稼げ、と言うことだ。

僕はお金の為に作曲してるんじゃない。真の芸術を追求しようとしてるんだ。芸術の為に悩み苦しんでいるのであって、お金で悩んでいるのではない。所詮山田耕作は俗物以外の何物でもない。

生計を安定させてから留学を考える？

つまり、中途半端なまま作曲家として稼ぎ、それから一流を目指せ、と言うのか？　そんないい加減なことは出来ない。芸術家としての良心が許さない。

芸術、特に前衛芸術では食べていくのは難しい。それは事実だろう。だけど……。お金の為に芸術を捨てるなんて、とても我慢できない。

お金。お金。お金が世の全てなのか？　いや違う……。

でも……、金子さんは、お金が無いために洋行出来ない。

勇治は金子のことを思った。お金。

名前に金の字があるのにお金に悩むなんて、何と皮肉な……。

だけど……、お金があれば、作曲家として独り立ちすれば、そうだ！　金子さんと結婚出来る！

レコード会社の作曲家。一応は正しく本物のプロフェッショナルな作曲家だ。

でも、その為に芸術の道を諦めるのか？

勇治は悩みながらふらふらと歩き回った。気が付くと東圓寺の門をくぐっていた。寺の裏山に登り阿武隈の山々を見渡した。

自然の景色の中で、自然の美しさに浸っていると、人間なんてちっぽけなものだと思う。芸術と愛とお金で悩む人間なんて、自然の中では取るに足らない存在でしかない。

だけど芸術は、それを生み出す人間の想像力は、どんな自然にも負けない、いやそれ以上に素晴しい価値がある。

人間は宇宙の果てまで想像力を巡らせ、深遠なる宇宙の謎を解くことだって出来るのだ。宇宙の始まりから終わりまで、無限の時間に思いを巡らすことだって出来る。

ラジオやテレヴィジョンを発明したのだって、人間に想像力があるからだ。

その人間の想像力の最たるものが芸術だ。中でも無形の芸術。時間の経過とともに過ぎ行く芸術。音楽だ！

「久しぶりだな。風邪でも引いてたか？」

振り向くと堯空和尚が、人懐っこい笑みを浮かべていた。和尚の顔を見た途端、勇治は和尚に相談しよう、と思った。

勇治は恥ずかしさに頬が火照るのを感じながら、とつとつと留学と恋の板挟みになり悩んでいることを話した。

黙って話を聴いていた和尚はやがて空を仰ぎながら話し始めた。

「なあ、勇ちゃん。儂《わし》は音楽のことはあまり分からん。でもな、音楽の価値って、人にどれだけの感動を与えるか、で決まるんでないか？ 交響曲でも、歌謡曲でも、それが人を感動させたり、励ましたり、勇気づけたり、慰めたり、癒したりすれば、それが一流の音楽でないか？

交響曲ってのは、文学に譬《たと》えれば純文学の長編小説だろう？ 童謡や歌謡曲と言うのは、童話や短編小説だな。文学では、短編小説どころか、たった三十一文字の短歌や十七文字の俳句もあるぞ。長編小説と短歌と、どっちが芸術的か、なんて言えるか？ 源氏物語と万葉集、どっちが偉いんだ？ どっちが芸術的に価値がある？ そんなこと決められないだろう？ 芸術の価値は、長さとか労力とか、そんなもので測るのではないと違うか？

それにな『人生は短し、芸術は長し』と言うだろう。芸術は永遠に残るってことだが、芸術ってのは短い人生の一生をかけて追求するものだろう？ 勉強したら、それで完成するもんじゃないだろう？ 芸術家は生涯芸術家だ。

普通の人間みたいに、学生時代は勉強して、卒業したら、はい勉強は終わり。勤めに出て、定年まで働いて、はい仕事は終わり、っていう人生とは違うだろう。一生が勉強と違うか？

本当はな、誰もがそうなんだがな。人生は勉強の連続なんだ。それが解るか解らないかで、人生の価値も、その人の価値も変わるんだ。真の芸術家は幾つになったって、たとえ歌謡曲を作っていたって、常に勉強して、常に新しいものを生み出そうとするんじゃないか？　それが芸術家だろう」

勇治は何と答えて良いか分からなかった。和尚の話は、ずしりと胸に響いた。和尚は続けた。

「お金はな、確かに大切だ。粗末にしちゃいかん。お金を貰えるなら、有難く、感謝して貰いな。お金なんて、とお金を軽蔑してはいかん。お金は、その価値に見合う仕事などをした見返りに頂くものだ。そのお金を軽蔑することはな、自分の労働、いや自分自身を軽蔑することになるぞ」

和尚は再び空を見上げた。

「ほら見ろ。太陽だって輝いているぞ。一歩を踏み出したらどうだ？　金子さんと一緒に作曲しながら、芸術の道を極めて行ったらどうだ？　儂はそう思う。儂に出来る助言はこんなもんだ……」

勇治は胸一杯に自然の息吹を吸い込んだ。

「有難う、和尚。良く分かった。僕は金子さんと一緒になる。一緒に芸術の道を目指す。レコード会社の作曲家としてね！」

陽は煌めき、小鳥はさえずり、草木はそよ風にさらさらと音を立てていた。全てが勇治の前途を祝福していた。

五月二十六日月曜日、前の週で銀行を辞めた勇治は、豊橋に向かった。東京のターちゃんの家で一泊し、翌二十七日、ターちゃんから借りた黒の背広上下に身を包んで、「頑張れよ！」という声援を背に受けて、東京駅十時発の急行に乗った。

約六時間の車中を、勇治は、期待と不安で脈打つ胸の動悸を抑えるのに精一杯で過ごした。駅弁もほとんど喉を通らなかった。お茶だけを、駅に止まるたびに買い込んで、ガブガブと飲み干した。六時間が何十時間にも思えた。

ようやく豊橋の駅に着くと、勇治は大きく息を吸い込んでプラットホームに降りた。締めなれないネクタイを直し、背広の皺を気にしながら、跨線橋《こせんきょう》を渡り向かいのホームにある改札口に向かった。

薄暗い駅舎に入り辺りを見回すと、改札口の外に、日差しを受けて白く輝く天使のような姿が見えた。純白の麻のワンピースに真っ赤なベルトをして、髪は三つ編みのお下げにしている。

勇治はその姿に見惚れて、立ちすくんだ。

その天使はそっと右手を上げて、はにかむように小さく手を振り、そして溢れる喜びに耐え切れずに飛び上がるようにして両手を振っていた。

勇治は駆け寄った。金子は勇治の手をしっかりと両手で握りしめた。

二人は言葉も無く見詰め合った。言葉は出なかったし、言葉は要らなかった。ただ二人は互いの瞳が語る想いをしっかりと心に刻み込んでいた。

至福の時間が二人を取り囲み、勇治と金子はミューズの女神の奏でる祝福の音楽を、一緒に耳を傾けて聴いていた……。

エピローグ

二人がそのとき、どのような会話を交わしたのか、私には想像がつかない。ただ二人が幸せだったことは間違いない。

豊橋の家に泊まった勇治は、継ぎの当たった浴衣を寝巻として持ってきていた。その寝巻を見た金子の母は、「ねえ、金子。あの人は貧乏そうだけど、大丈夫かい？　本当にあの人と結婚するのかい？」と心配した。

「大丈夫よお母さん。あの人はすぐに月に千円くらい稼ぐ人になるわ。心配しないで」と金子は大風呂敷を広げた。

実際、勇治が日本コロムビアと交わした専属契約は、さすがに月千円とは行かなかったが、それでも二百円という高給で、それを聞いた金子の母は涙を流して喜んだ（ちなみに、そのとき金子の阿佐ヶ谷の義兄の給料は百二十円であった）。今の価値で言えば、おそらく八十万円くらいであろう。

無名の新人作曲家に対するものとしては正に破格の待遇で、勇治と金子は、一時は悪い感情を抱いたことなどすっかり忘れて、山田耕作の厚情に感謝した。

勇治はそのまま金子を福島に連れて帰った。途中、東京で数日を遊んで過ごした。これは二人にとってのハネムーンだった。

一日目はターちゃんと金子の姉に、互いを紹介して終わった。次の日は銀座に出掛け、勇治は松屋デパートで金子の為にパラソルを買った。これが勇治の金子への、曲などは別として、初めてのプレゼントだった。金子はデパートの食堂で初めてとんかつを食べ、こんなに美味しい物を毎日食べられるようになるといいなあ、と密かに思った。

二人はコロムビアとの契約が纏まるまでの六、七、八の三ヶ月を福島の家で過ごした。そしてコロムビアとの契約の大筋が纏まると、昭和五年九月に二人は上京し、勇治はコロムビアと専属契約を結んだ。上京後暫くは金子の姉の阿佐ヶ谷の家に居候して新居を探し、金子の声楽の勉強に都合の良いように、新しく出来た帝国音楽学校に近い世田谷の代田《だいた》に家を借りた。

金子は早速帝国音楽学校に入学した。そこには勇治と同郷の伊藤久男《いとうひさお》（注1）がいた。声楽の道を志していた伊藤久男は、勇治、金子とすぐに意気投合し、交流が始まった。

勇治はコロムビアの専属作曲家となったものの、スタートはあまり芳しいものではなかった。芸術家を目指していた勇治は、当時流行っていたエログロ・ナンセンス風な流行歌に馴染めず、長い間ヒット曲も出ず、しかも破格な給料は印税の前払いだと知り、くさっていた。

そんな折り、早稲田大学応援部にいた伊藤久男の従兄弟の伊藤茂《しげる》の縁で、昭和六年に勇治は早稲田の新しい応援歌の作曲を依頼された。

当時早稲田の教授であった西条八十《さいじょうやそ》の「これは、素晴らしい詩なので、相当な作家に謝礼を積んで頼むのが良い」と言う意見に伊藤たちが反発し、「古関君には名は無いけど将来がある」と応援部内を説得したという。こうして第六応援歌として作られた「紺碧《こんぺき》の空」（現在は第一応援歌）は、この年この新しい応援歌を引っ提げた早稲田が早慶戦で久しぶりに勝利したことと相まって、瞬く間に世に広まったが、レコードが売れたわけではなく、ヒットとは言えなかった。

二人の間には昭和七年に長女雅子が生まれたが、ヒットの出ない作曲家は会社にとってはお荷物でしかない。昭和九年、二人目の子供を身籠ったとき、会社から契約解消の通知が来た。

金子は会社の部長を訪ね、何とか契約を継続してほしいと直訴した。幼い子供を連れ、それと分かる大きなお腹の身重姿での直訴は、狙い通りの効果を発揮した。契約は何とか継続され、次女紀子《みちこ》も無事生まれた。

そして、昭和十年に「船頭可愛や」が待望の大ヒットとなり、作曲家古関裕而の名は全国に知れ渡り、勇治は人気作曲家としての地位を確立した。しかし勇治にとって最も嬉しかったのは、欧州から帰国した世界的プリマドンナの三浦環が「船頭可愛や」を気に入り、自らレコーディングし、コロムビアの青盤（クラシック専門レーベル）で発売されたことであった。自分の曲の芸術性を三浦環が認めてくれたことに感激した勇治は、彼女のために「月のバルカローラ」という歌曲を作曲し捧げた。この曲も彼女の歌唱によりレコーディングされ、やはり青盤で発売された。

金子は、ベルトラメリ能子《よしこ》（注2）に声楽の指導を受けるようになり、益々喉に磨きを掛けていった。

昭和十四年には日本青年館でのベルトラメリ能子の弟子の会でトリを務め、オペラ「アイーダ」の「オ・パトリアミア」と「トスカ」から「歌に生き、愛に生き」を歌った。

昭和十六年、同じ日本青年館での「伊太利亜《いたりあ》歌劇の夕」という音楽会では、「カヴァレリア・ルスティカナ」を、テナーの神宮寺《じんぐうじ》雄三郎《ゆうざぶろう》、ドラマティック・ソプラノの金子で共演した。

しかし順調に始まった声楽家としてのキャリアは、戦争により中断のやむなきに至る。そして戦後は、ベルトラメリ能子が鎌倉に引っ込んだままだったので、能子の師で藝大教授であったディナ・ノタルジャコモに師事していたが、長男である私が生まれ、子育てなどのために次第に歌の世界から離れて行った。

勇治と金子の夢、勇治の作曲したオペラで金子がプリマドンナを演じる、という夢は、昭和二十四年と二十五年に実現した。ただそれはラジオ放送向けで、「朱金昭（チュウチンチョウ）」、「トゥランドット」、「チガニの星」という三つの創作オペラであった。脚本は東郷静男《とうごうしずお》、共演は藤山一郎《ふじやまいちろう》（注3）、山口淑子《やまぐちよしこ》（注4）などであった。藤山一郎も山口淑子も流行歌手として知られているが、藤山は藝大出で、山口もこの頃はベルトラメリ能子に師事し、ふたりともオペラも歌える本格的な歌手であった。

二人は五十年間連れ添い、金子は昭和五十五年に六十八歳で亡くなった。手紙のみで交際した二人が、初めて会うなり即座に結婚し、生涯を共にしたというのは驚くべきことかも知れない。しかし遠く離れていても、会ったことも話したことも無くとも互いを理解し得たのは、真情のこもった文章の力と、互いを見抜く芸術家ならではの感性と優れた直観力と洞察力の賜物であろう。

勿論長い年月の間には、多少の波風もあったようだ。二人が交わした手紙の大半が失われたのも、(姉の話によれば)夫婦喧嘩の末に母が怒って、取ってあった手紙を焼き捨てたからだそうだ。残ったのは父が取っておいた分らしい。

五十年も一緒に過ごせば、色々とあるだろう。でも父の音楽の最大のファンにして理解者であったのは母であったし、父は常に母を大事に思っていた。

父は母の死後五年位は、表面的には元気に仕事をしていたが、寂しさは隠せないでいた。健康問題もあり、昭和六十一年には作曲生活から引退し、平成元年に八十歳で亡くなった。

父は何故昭和五年の出来事について語ろうとしなかったのか？

私は長い間この疑問の答えを探していた。

芸術と愛の狭間で悩んだ若き青年が、〝芸術を捨てて愛を採った〟ことを恥じていたのか？

そう思っていたときもあった。しかし今はそうは思わない。

父にとって「竹取物語」の思い出は、母との熱烈な恋愛と正に表裏一体の、切っても切れないものであったのだ。

明治生まれの父にとっては、若き日の熱い恋愛は、人には語りたくない、母と二人だけの大切な思い出であり、また照れくさい思い出なのだろう。

私はそう思う。


もっとオペラを書きたい。それは父の生涯の願望であった。晩年までそれを夢見ていた。

父は青年の時の夢を、生涯抱き続けた作曲家であったのだ。


私は母のオペラを聴いたことがない。少なくとも記憶はない。

ただ私が子供の頃、よくピアノを弾きながら「いい歌でしょう」と言って「歌に生き、愛に生き」という歌を歌っていたのは覚えている。

「歌に生き、愛に生き、って素敵な生き方よねえ。私も歌を続けたかったなあ」そう語りながら母は歌っていた。歌詞は外国語で意味も解らず、メロディーも覚えておらず、その曲名だけが私の記憶に残っていた。

そして十数年ほど前に私は「歌に生き、愛に生き」という言葉を調べる必要に迫られた。

そして、その原題が「ヴィッシ・ダルテ、ヴィッシ・ダモーレ」であると知った瞬間、私の脳裏には、五十年以上も前「正裕や、ちょっとこれ弾いて」と言って、私のピアノ伴奏で、♪ヴィーッスィー　ダールテー　ヴィーッスィー　ダモーレー♪と歌っていた、母の声とその調べが甦った。私はただただその歌声に聴き惚れていた……。

（注1）伊藤久男（いとう　ひさお）1910―1983
歌手。福島県本宮市出身。歌の道を目指すが親の反対にあい、カモフラージュのために東京農大に入学し、帝国音楽学校で声楽を学ぶ。「イヨマンテの夜」「君いとしき人よ」など古関裕而とのコンビで数多くのヒットを世に出した。
（注2）ベルトラメリ能子（ベルトラメリ　よしこ）1903―1973
声楽家。大正十年東京音楽学校を中退しイタリアへ留学。アントニオ・ベルトラメリと結婚。昭和五年夫と死別し、同六年に帰国、声楽家としてデビュー。戦後は多くの後進の指導をした。
（注3）藤山一郎（ふじやま　いちろう）1911―1992
歌手。本名　増永丈夫。東京音楽学校在学中、家計を助けるために藤山一郎の名前でレコード・デビュー。「丘を越えて」「酒は涙か溜息か」などの大ヒットを飛ばす。古関裕而作品では「長崎の鐘」が代表曲。1992年、国民栄誉賞を受賞。
（注4）山口淑子（やまぐち　よしこ）1920―2014
歌手。女優。参議院議員。戦前、中国・満州などで李香蘭の名前で女優・歌手として活躍。代表曲は「夜来香」「支那の夜」など。戦後は本名の山口淑子の名前でテレビのワイドショーなどでも活躍。1974年には参議院選挙に出馬し当選。1992年まで参議院議員を務めた。

あとがき

本書の基となった古関勇治と内山金子の書簡は、元々は行李《こうり》一杯程あったとのことだが、相当数が無くなってしまっており、現存するものは手提げ紙袋一つほどである。

その紙袋に無造作に投げ込まれていた手紙の整理を始めたのは、古関裕而生誕百年の前年二〇〇八年のことであった。生誕百年記念のイベントのために各種の資料を整理し始めたとき、父と母の手紙もきちんと時系列にファイリングしようと思い、手紙を読み始めた。

二人の文通の話は、時折主に母から聞いてはいたが、読み進むうち、二人のそれぞれの相手への思い、揺れ動く感情、秘めた恋心、そして激しい熱情に圧倒され、夢中になった。全く知らなかった両親の若き日の姿がそこにあった。

恋人同士の、極めて個人的な手紙。本来は公開すべきではないのかも知れない。しかし、そこに綴られているのは、夢と現実の狭間で悩む、昔も今も変わらぬ若者の葛藤であり、いつの時代にも通じる普遍性のある物語であった。

そして二人の思いを伝えているのは、個性とぬくもりに満ちた手書きの手紙である。

ＩＴ技術の進歩と普及によって、手書きの手紙などは、アナログでともすれば時代遅れと見なされる今、九十年前の文通による若者の恋愛物語は、かえって新鮮で感動を呼ぶのではないかと思い、この本の執筆を思い立った。

当初は父の生誕百年に出版するつもりであったが、執筆に思いのほか時間が掛かり、その機会を逃したまま今日に至った。

今回出版に至ったのは、出版エージェントの川端幹三氏のご尽力によるところが大きく、ここに感謝申し上げる。

この本を執筆するにあたり参考とした書は、後記の通りだが、自伝には内山金子との文通の話も「竹取物語」についても一切触れられていない。これは古関裕而がいかに照れ屋であったかの証左であろう。

豊橋の内山家の様子などについては、私の従姉（金子の姉、清子の長女）の澤井容子《さわいようこ》氏にご教示頂いた。

金須嘉之進に関しては、氏の曾孫にあたるハモンド・オルガン・プレーヤーの浅野仁《あさのひとし》氏が貴重な資料を集めて提供して下さった。ここに深く感謝する。浅野氏とは、以前にそれとは知らずお会いしていて、不思議なご縁に驚いた。

父の福島商業での同級生、宮尾《みやお》（旧姓柳原）利雄氏は、この書の最初の草稿を執筆中（二〇〇八年）はまだご健在で、貴重なお話をうかがうことが出来た。

『古関裕而物語』の著者である元福島東稜《とうりょう》高校の齋藤秀隆《さいとうひでたか》先生には、川俣町及び武藤家について色々とご教示頂いた。

川俣町の東圓寺の佐藤堯空住職には、三十年ほど前に一度テレビ番組でお目に掛かりお話を聞いたことがあるが、もっと詳しくお話を伺っておればと、今になって悔やんでいる。師は平成三年九月にお亡くなりになった。

ソプラノ歌手であり学術博士でもある藍川由美《あいかわゆみ》氏の、古関裕而の音楽に関する研究は、大いに参考にさせて頂いた。

本書にある勇治の作曲した曲の中で、最も重要な「竹取物語」と「五台のピアノの為の協奏曲」そして「君はるか」は残念ながら楽譜の所在が分からず、今となっては聴くことが出来ない。

「垣の壊れ」、「山桜」、「木賊刈り」は藍川由美氏がレコーディングされており、『栄冠は君に輝く――古関裕而 作品集』（藍川由美歌。ZAPPEL MUSIC 2004 発売元カメラータ・トーキョー）及び『生誕100年記念 国民的作曲家古関裕而全集』（コロムビアミュージックエンタテインメント）に収録されている。

古関裕而と妻・金子　略年譜

七代目三郎次、勇治の父

古関ヒサ、勇治の母

勇治の生家、老舗呉服屋「喜多三」

明治四十二年（１９０９）　八月十一日、福島市大町にて父三郎次、母ヒサの長男として生まれる。本名は勇治。生家は市内屈指の老舗呉服屋「喜多三（きたさん）」

明治四十五年（１９１２）　三月六日、愛知県渥美郡高師村（現在の愛知県豊橋市小池町）にて父内山安蔵、母みつの三女として生れる。

大正三年（１９１４）　この頃父親が蓄音機を購入、レコードを聴く。

大正五年（１９１６）　福島県師範学校付属小学校入学。

大正七年（１９１８）　小学三年から六年まで、担任の遠藤喜美治先生に唱歌とつづり方を習う。

大正八年（１９１９）　卓上ピアノで作曲を始める。

大正十一年（１９２２）　福島商業学校入学。この頃「喜多三」廃業。妹尾楽譜により本格的な作曲・編曲を始める。

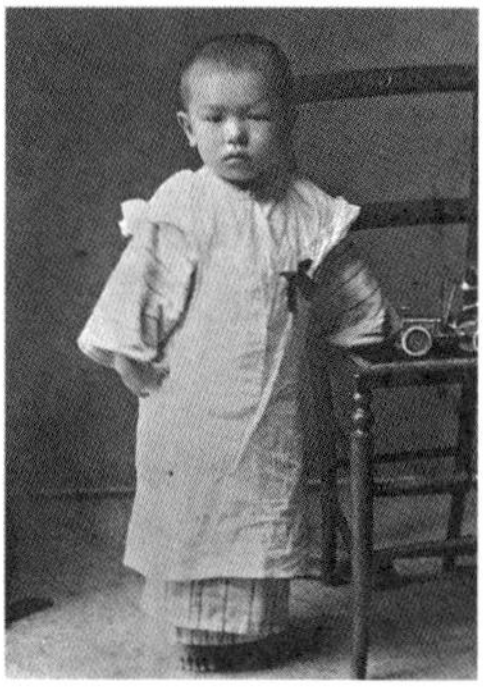

勇治、３歳

※ 年表中、赤文字は金子分

勇治、7歳（左）、弟弘之2歳

勇治、5歳

勇治、小学校時代（前から3列目、右から6番目）

勇治、20歳7ヶ月

福島県立福島商業高等学校時代、友人と（左から2番目）

内山金子の母、内山みつ

金子、10代

大正十二年（１９２３）　福島ハーモニカ・ソサエティーに入る。

大正十三年（１９２４）　豊橋市立高等女学校入学。
ペンネームを「裕而」とつける。

昭和二年（１９２７）　福島商業卒業後、伯父（母の兄）武藤茂平が経営する福島県川俣町の川俣銀行に勤務。昭和五年五月まで伯父の家に居候して川俣で過ごす。

昭和三年（１９２８）　山田耕作に作品を送り、批評を仰ぐなど指導を受ける。

昭和四年（１９２９）　豊橋市立高等女学校卒業。「女人芸術」に詩を投稿し入選。
舞踊組曲「竹取物語」を英国の楽譜出版社チェスター社主催の国際作曲コンクールに応募。第２席に入選。

金子、豊橋市立高等女学校24回卒業アルバムより

金子、19歳

金子、17歳頃

1930年1月31日、東京神田「ブラジル」での作曲コンクール２位受賞祝賀会

昭和五年（１９３０）

一月に国際作曲コンクール入選が新聞で大々的に報じられ、この記事を読んだ愛知県豊橋市の内山金子（きんこ）と文通が始まる。六月、内山金子と結婚。九月、日本コロムビアに招かれ上京。専属作曲家となる。
古関裕而と結婚。

昭和六年（１９３１）

最初のレコード「福島行進曲」、「福島夜曲」発売。　早大応援歌「紺碧の空」作曲。
帝国音楽学校入学。

昭和七年（１９３２）

長女雅子を出産。

金子、20歳

今泉正（左）、勇治、金子。
世田谷の最初の家の前にて

1933年、古関夫妻と長女雅子

1940 年頃の内山家の家族写真。後列左より金子 29 歳、清子、富子、寿枝子姉妹

1941 年、金子(左)、日本青年館にて「伊太利亜歌劇の夕」に出演

1947年、裕而と劇作家・作詞家菊田一夫「鐘の鳴る丘」放送スタジオにて

1953年、古関一家（後列左から次女紀子、長女雅子、一番手前が正裕）

昭和九年（１９３４） 次女紀子（みちこ）を出産。この頃からベルトラメリ能子（よしこ）に声楽を師事。

昭和十年（１９３５） 「船頭可愛や」が大ヒット作となる。

昭和十二年（１９３７） 「露営の歌」作曲。ＮＨＫラジオ放送劇「当世五人男」で初めてドラマ用の曲を作曲。これが劇作家菊田一夫との最初の仕事となり、以後三十六年間コンビを組む。

昭和十四年（１９３９） ベルトラメリ能子の弟子の会（日本青年館）でトリを務める。

昭和十五年（１９４０） 「暁に祈る」作曲。

昭和十六年（１９４１） 日本青年館での「伊太利亜歌劇の夕」出演。

昭和十八年（１９４３） 「若鷲の歌」作曲。

昭和二十一年（１９４６） 長男正裕を出産。

昭和二十二年（１９４７） ＮＨＫ連続ラジオ・ドラマ「鐘の鳴る丘」放送開始。主題歌「とんがり帽子」がヒットする。ＮＨＫスポーツ番組のテーマ「スポーツ・ショー行進曲」作曲。

昭和二十三年（１９４８） 全国高等学校野球大会の歌「栄冠は君に輝く」作曲。

昭和二十四年（１９４９） 「長崎の鐘」作曲。

昭和二十五年（１９５０） 「イヨマンテの夜」作曲。

昭和二十七年（１９５２） ＮＨＫ連続ラジオ・ドラマ「君の名は」放送開始。

1954年、裕而と金子

1954年、金子

昭和二十八年（１９５３）　ＮＨＫ放送文化賞受賞。

昭和三十年（１９５５）　菊田一夫、東宝の演劇担当重役となり、以降菊田とのコンビで東京宝塚劇場、芸術座、帝国劇場などで数多くのミュージカル、演劇の音楽を担当する。

昭和三十一年（１９５６）頃　「婦人文芸」の会員となる。

昭和三十四年（１９５９）　「がめつい奴」初演（芸術座）。

昭和三十五年（１９６０）　東宝グランド・ロマンス「敦煌」（東京宝塚劇場）上演。

昭和三十六年（１９６１）　芸術座にて「放浪記」初演。

1960年頃、作詞家藤浦恍（右）と裕而

1955年頃、作詞家丘灯至夫（左）と裕而

1962年10月、自宅で作曲する裕而

昭和三十九年（1964）　東宝グランド・ロマンス「蒼き狼」上演。東京五輪の入場行進曲「オリンピック・マーチ」作曲。
詩人金子光晴主宰の「あいなめの会」の同人となり詩の創作を再開。

昭和四十四年（1969）　紫綬褒章受章。

昭和四十七年（1972）　札幌冬季五輪のテーマ曲「純白の大地」作曲。フジTVの人気番組「オールスター家族対抗歌合戦」に審査委員長として出演。（昭和五十九年まで）

昭和四十八年（1973）　朋友、菊田一夫死去。芸術座公演「道頓堀」が名コンビの遺作となる。

1961年、ギターを弾く正裕(中)と両親

1974年、左から作曲家服部良一、藤山一郎、裕而

1976年、早慶戦で応援団を指揮する裕而

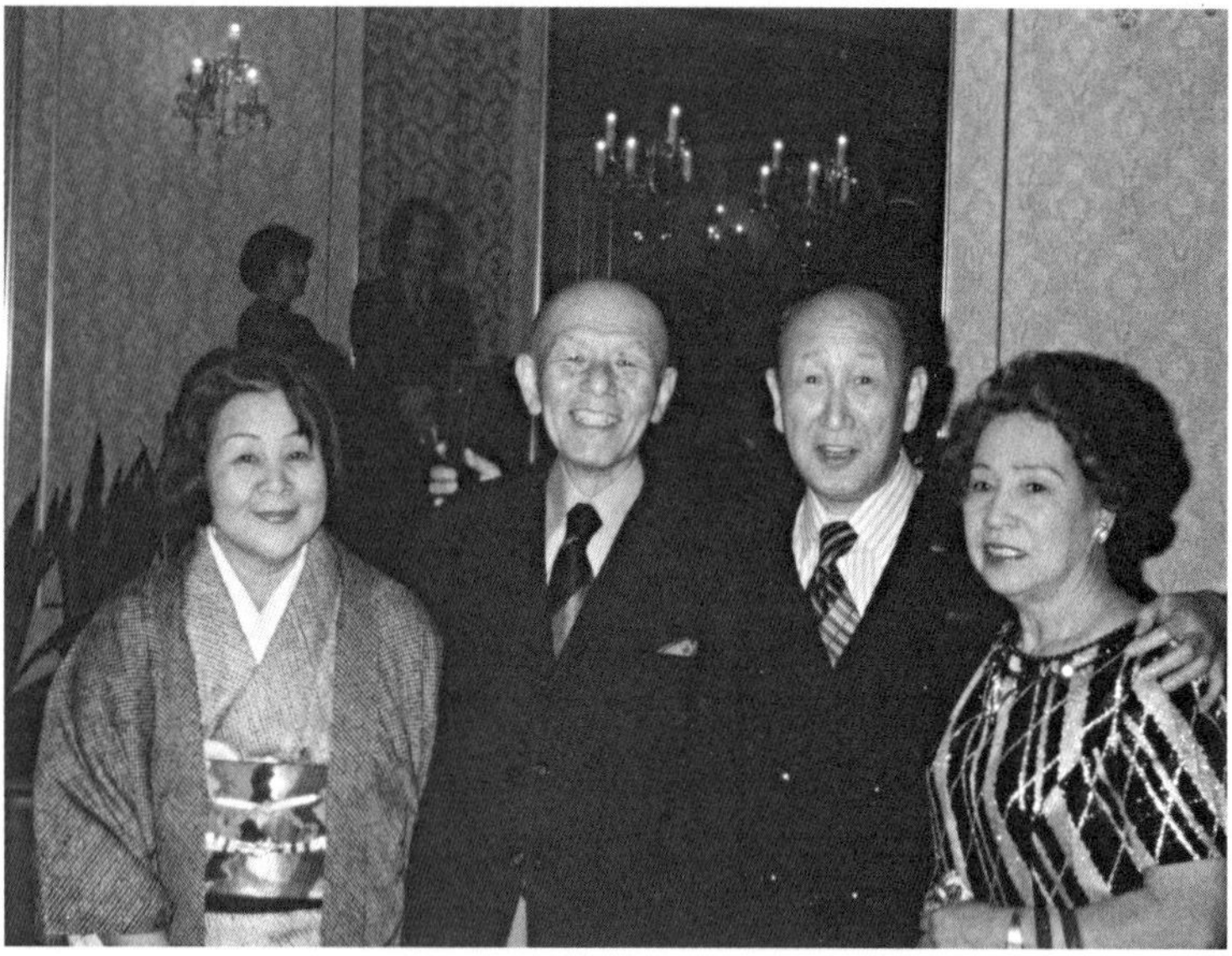

1977年頃、右から渡辺はま子(歌手)、藤倉修一(元NHKアナウンサー)と古関夫妻

1978年頃の古関夫妻

昭和五十四年（１９７９） 福島市名誉市民となる。勲三等瑞宝章受章。レコード大賞特別賞受賞。

昭和五十五年（１９８０） 自伝『鐘よ鳴り響け』を主婦の友社より出版。

昭和六十一年（１９８６） 七月金子死去（享年六十八歳）。三十年間音楽を担当したＮＨＫラジオ「日曜名作座」を健康上の理由で降り、作曲生活から引退。

昭和六十二年（１９８７） 放送文化基金個人部門賞受賞。（森繁久弥、加藤道子と共にＮＨＫラジオの「日曜名作座」を三人で三十年間続けたことにより）

昭和六十三年（１９８８） 福島市に古関裕而記念館完成。

平成元年（１９８９） 八月十八日入院中の聖マリアンナ医大付属病院にて脳梗塞のため死去。享年八十歳。

1979 年、福島市名誉市民のメダルを付け、正装でにこやかな裕而

写真提供:古関正裕

◉主要作品

「紺碧の空」「船頭可愛や」「阪神タイガースの歌（六甲おろし）」「露営の歌」「愛国の花」「暁に祈る」「若鷲の歌」「雨のオランダ坂」「夢淡き東京」「白鳥の歌」「スポーツ・ショー行進曲（NHKスポーツ番組のテーマ）」「とんがり帽子」「フランチェスカの鐘」「長崎の鐘」「全国高等学校野球大会の歌（栄冠は君に輝く）」「イヨマンテの夜」「あこがれの郵便馬車」「君の名は」「黒百合の歌」「高原列車は行く」「モスラの歌」「巨人軍の歌（闘魂こめて）」「オリンピック・マーチ」

◉主要映画・ミュージカル・演劇作品

「音楽五人男」「ひめゆりの塔」「夕日と拳銃」「社長道中記」「モスラ」「愛染かつら」（以上映画）
「恋すれど恋すれど物語」「暖簾」「がめつい奴」「浅草の灯」「敦煌」「がしんたれ」「雲の上団五郎一座」「香港」「放浪記」「青き狼」「終着駅」「風と共に去りぬ」「津軽めらしこ」

【参考資料】

・古関勇治・内山金子往復書簡　古関正裕所蔵
・「鐘よ鳴り響け 古関裕而自伝」古関裕而著　主婦の友社刊（昭和五十五年）「人間の記録」シリーズで日本図書センターより再刊。令和元年 集英社文庫より再刊
・「古関裕而物語」　斉藤秀隆著　歴史春秋出版刊（平成十二年）
・「評伝　古関裕而　国民音楽樹立への途」菊池清麿著　彩流社刊　（平成二十四年）
・「人間と、ふるまい」古関金子著　「こだま」（読売新聞読者投書欄に原稿が掲載された女性グループの会報誌）昭和五十五年十一月号掲載
・「記憶の涯ての満州」　澤井容子著　幻冬舎メディアコンサルティング刊（平成二十八年）

・「古関裕而の音楽」藍川由美著　『生誕一〇〇年記念　国民的作曲家古関裕而全集』解説書所収　コロムビアミュージックエンタテインメント（平成二十一年）
・「校史ひがし　豊橋東高校九十年史」（豊橋東高校は、戦前の豊橋市立高等女学校と豊橋市立第二中学校が昭和二十三年に統合して出来た高等学校）（平成三年）
・「シューマン」　伊庭孝著　アルス刊（昭和五年）
・「独唱の仕方」　リルリ・レーマン著　牛山充訳　近代文明社刊（大正十一年）
・「ビクター」　昭和五年七月号　日本ビクター刊
・「山田耕作氏と受難の永井郁子女史」石上欣哉著　「主婦の友」　昭和五年三月号、四月号掲載　主婦の友社刊
・「NHK交響楽団四十年史」　NHK交響楽団編　日本放送出版協会刊（昭和四十二年）
・「福島管内汽車時刻表」　昭和四年九月十五日改正　福島商工会議所刊
・「汽車時間表」昭和五年十月号　鉄道省編纂　時刻表復刻版戦前戦中編　日本交通公社刊（昭和五十三年）
・「日本人旅行記からみる20世紀前期の大連航路」劉婧著　或問（関西大学近代東西言語文化接触研究会会誌）第十九号（平成二十二年）
・「福島県電話番号簿甲・乙」　福島電灯株式会社刊（昭和九年）
・「値段史年表」　週刊朝日編　朝日新聞社刊（昭和六十三年）
・古関裕而自筆譜等　福島市古関裕而記念館所蔵

［編集部より］
本作品には、現在では不適切と思われる表現がある場合がございますが、当時の時代背景を鑑み、そのまま掲載いたしました。何卒、ご理解の程を御願いいたします。

古関正裕《こせきまさひろ》
1946年古関裕而・金子夫妻の長男として東京都で生まれる。成城学園初等学校入学。ピアノを習い始める。成城学園高校在学中には友人に誘われカントリー・バンドに参加しバンド活動に熱中。65年早稲田大学理工学部に入学。70年日本経済新聞社に入社。98年早期退職後、ピアノを再び習い、バンドなどの音楽活動を開始。2013年父親・古関裕而の楽曲を中心にしたライブ・ユニット「喜多三」を結成しライブ活動をしている。なお、2009年古関裕而生誕百年記念CD全集の企画・監修で日本レコード大賞企画賞を受賞。著書に小説『緋色のラプソディー』がある。

君《きみ》はるか 古関裕而《こせきゆうじ》と金子《きんこ》の恋《こい》

2020年　2月29日　第1刷発行

著　者　古関正裕《こせきまさひろ》
発行者　田中知二
発行所　株式会社 集英社インターナショナル
〒101-0064 東京都千代田区神田猿楽町 1−5−18
電　話　03(5211)2632
発売所　株式会社 集英社
〒101-8050 東京都千代田区一ツ橋 2−5−10
電　話　03(3230)6080(読者係)
03(3230)6393(販売部)書店専用
印刷所　三晃印刷株式会社
製本所　加藤製本株式会社

装　幀　大森裕二

定価はカバーに表示してあります。

ISBN978-4-7976-7376-0 C0093